Dick & Yuhto
「BUDDY」

Chara

BUDDY

DEADLOCK season 2

英田サキ

キャラ文庫

この作品はフィクションです。
実在の人物・団体・事件などにはいっさい関係ありません。

目次

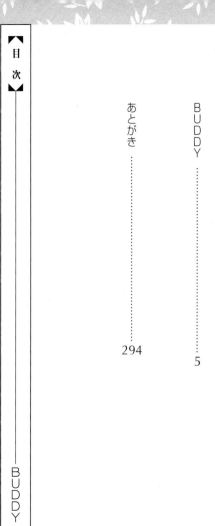

口絵・本文イラスト／高階　佑

1

大きな波が来た。波間で待ち構えていたサーファーたちが次々とテイクオフし、うねる波に挑んでいく。

遠目でもわかるほど、ふたりの男性サーファーがひときわ上手くライドしていた。彼らは青い海と青い空の狭間でダンスを楽しむように、ボードを自在に動かしては巧みに波を捉え、華麗なターンを何度も繰り返している。

ふたりは波がブレイクするまで乗り続け、見事なロンググライドで浅瀬へと戻ってきた。ボードから降り、互いの健闘を称えて拳をつき合わせる男たちの姿は、映画のワンシーンのように決まっている。

浜辺からディックとダグの波乗りを見ていたユウト・レニックスは、誇らしいような、あるいは少しだけ照れ臭いような気持ちで、こちらに向かって歩いてくるふたりを見ていた。正確に言えばユウトの目はディックだけを追っていたが、それは仕方のないことだ。ユウトにとってディックは世界一、魅力的な存在なのだから。

どうしようもないほどハンサムで腹が立つほどセクシーな男、ディックことリチャード・エヴァーソンはユウトの視線に気づき、「どうだった？」と問うように手を上げた。ユウトは「最高に格好よかった」という気持ちを込め、親指を上げるサムズアップをしてみせた。

しかし次の瞬間、ユウトの晴れやかな気持ちに水を差す事態が起きた。三人組の女の子がふたりに近づき、親しげな態度で声をかけたのだ。水着姿の女の子たちは揃（そろ）ってスタイルが抜群だった。それにお世辞抜きでどの子も可愛い。通りすがりの少年たちが、美人にナンパされているふたりを羨（うらや）ましそうに見ている。

今日はこれで何度目だろうと溜め息をつきたくなった。サーフィンが上手いハンサムな男は、若い女性にとって強力な磁石みたいなものなのかもしれないが、それにしたってディックは女性の目を引きすぎる。

自分の恋人がもてるのは喜ばしいことか、それとも嘆かわしいことか。たまに真剣に考えるが、いっこうに答えは出ない。なかなか難しいテーマだから心理学に長（た）けた犯罪学者の友人に意見を請いたいところだが、彼は冗舌な男だ。すごく暇なときにしかこの話は振れないと思い、いまだに聞けないでいる。

「それにしても、ディックとダグがサーフィン好きとは知らなかったな。いや、本当に驚いた。どっちもプロ並みじゃないか？」

折りたたみのビーチチェアに腰かけたロブ・コナーズが、アイスティーを飲みながら言った。陽気な犯罪学者は今日も絶好調で、上唇と下唇がくっついている時間が三分とない。

「俺も知らなかった。ダグは読書好きのインドア派だと思っていたから驚きだよ」

ロブの言葉に応えたのは、隣に座るルイス・リデルだった。

「ダグは今日のために、わざわざ実家からボードを取ってきたんだ。なんでも学生の頃はしょっちゅう海に来てたらしい。当時は女の子とつき合っていただろうから、君はすごく楽しい青春時代を送ったんだろうなって言ったら、なぜだか謝られた。別に嫌みじゃないのにさ。どう思う?」

「とりあえず謝っておけばいいという態度はよくないよね。反射で行動するのは、ある種の思考停止だし。……と言いつつ、ダグの気持ちはよくわかる。俺もヨシュアにはすぐ謝ってしまうからね。ほら、よく言うじゃないか。惚(ほ)れたほうが負けってやつだよ」

頭に黒いサングラスを載せたルイスはきれいな眉をねじらせ、冷ややかな目でロブを見た。

「そういう言い方だと、俺よりダグのほうが愛情深いってことになる。君とヨシュアの場合は君のほうがより惚れてるかもしれないけど、俺とダグのことは勝手に決めないでほしいね。俺の愛情のほうが少ないみたいに言われるのは心外だ」

「ねえ、ルイス。君のそのネガティブ思考、ホントよくないよ。君の愛が足りてないなんて俺はひと言も言ってないだろ? 君はダグに深く愛されてるっていう会話の主旨を、作家なんだからちゃんと汲(く)み取(と)ってくれなきゃ」

「汲み取ったうえで、そういう言い方は好きじゃないと抗議したんだ」

「わかった、わかったよ。全面的に俺の言い方が悪かった」

パラソルの下に並んで座るふたりは、偶然だがどちらもアロハシャツにパナマ帽という出で立ちだ。ちなみに今日のコーディネート被りをロブは喜び、ルイスは嫌がった。

ハンサムなのににやけた表情のせいで、どこか三枚目の風情がある友人に対し、クールな眼差しが似合う美形のミステリ作家はいつもつれない態度を取るが、それは彼の性格ゆえであって、決してロブを嫌っているわけではない。——と、ユウトは思っている。

美女たちの誘いを断ったディックとダグが、再びこちらに向かって歩いてくる。タイプは違えどふたりは長身のハンサムで、どちらも女性受けする容姿の持ち主だ。数メートル進んだ辺りでまた別の女性たちに声をかけられた。

ディックはダグの肩を叩いて何か告げ、ひとりだけ歩きだした。おおかた相手をするのが面倒になり、「あとはお前に任せた」とでも言ったのだろう。哀れなダグ・コールマン。優しい性格だから女性を無視することもできず、困りながら対応している。

「ダグはLAっ子ならサーフィンができて当然だって言ってたけど、そういうもの?」

自分の恋人が女性に口説かれている場面を眺めつつ、ルイスが質問した。LA育ちのロブは大きく頭を振った。

「俺はこれっぽっちもできないから、ダグの見識は間違っている。ユウトはどう?」

パラソルつきのテーブルチェアに座っていたユウトは、急に話を振られて「え?」と首を曲げてロブを見た。

「なんだ、聞いてなかったの？　……ああ、君はあのハンサムなセクシーガイに見惚れていたんだな。毎日見ているっていうのに、まったくお熱いことで」

「そ、そんなんじゃないよ」

慌てて否定したがロブの指摘は正しかった。サーフィンボードを脇に抱えて歩いてくるディックの姿に、うっかり見惚れていたのだ。

鍛え上げた筋肉に覆われたたくましい胸。彫刻のように美しく割れた腹筋。絶妙なラインを描く引き締まった腰。男なら誰もが憧れる抜群のスタイルに、とびきり端正な顔が乗っている。濡れても輝きを失わない金髪。海より青い瞳。男らしく整った顔立ちは品があるのに、それでいて野生の獣を思わせる危険な魅力をも備えている。

出会った頃から容姿の優れた男なのはわかっていたが、どういうわけか今のほうがディックの持つ美しさに深く魅せられている。普通は見慣れてくるものだろうに、ユウトの場合は反対だった。

「ユウトはサーフィンが嫌いなんだ」

背後でパコの声が聞こえた。助け船だと思い、レジャーシートでトーニャと寝そべっている兄を振り返ったが、続いた言葉はおおよそ助けと呼べるものではなかった。

「ガキの頃、俺が手取り足取り教えてやったけど、上手くできなくて拗ねちまった。それ以来、一度もやってない。そうだろ？」

そうだよ、と心の中で答えた。颯爽と波に乗るパコは最高にクールだった。ユウトもあんなふうになりたいと思い、パコにくっついてしばらくビーチに通ったが、どういうわけかまったく上達しなかったのだ。運動神経はいいほうなのに、サーフィンだけは駄目だった。

「ディックも海育ちなの？」

ショートパンツとタンクトップ姿のトーニャが、ユウトに向かって質問した。生物学的には男性だが美しい女性にしか見えないトーニャは、パコとつき合うようになってから、ますます魅力が増した気がする。

「どうかな。聞いたことがない。でも軍にいた頃は、ビーチハウスでよく休暇を過ごしていたそうだ」

孤児のディックは、高校を卒業するまで施設で育ったと聞いている。彼の十代がどんなものだったのかユウトがほとんど知らないのは、ディックが当時の話をしたがらないからだ。そのことについては少しだけ寂しく感じているが、無理に聞くような真似はしたくない。

「パコ、ボードをありがとう」

戻ってきたディックはボードを砂浜に置くと、すぐさまパーカーを羽織った。ディックは人前で肌をさらすことをあまり好まない。火傷や傷のある身体を恥じているわけではなく、軍人だった過去を封印したい気持ちがそうさせるのかもしれないが、ユウトはディックの傷だらけの身体を愛おしく思っている。だからディックが寝ているときに傷の数をこっそり数えたりしているが、それは内緒の楽しみだ。

ディックは濡れた前髪をかき上げながら、クーラーボックスを開けてダイエットコークに手を伸ばした。本当は冷たいビールでも飲みたい気分に違いないが、残念ながらビーチでの飲酒は禁止されている。

「あんなに上手いんだから、またサーフィンを始めたら？」

ユウトの言葉にディックは「いいんだ」と首を振った。

「海に通いだすと癖になる。休日は家でのんびり過ごすのが一番だ」

お前と過ごせる時間が何より大事だという言外のメッセージを受け取り、ユウトは同意するように微笑(ほほえ)んで見せたが、本心を言うとディックにはもっと自分の好きなことをしてほしいと思っていた。

端的に言うなら趣味や生き甲斐(がい)を持ってほしいのだ。ディックはお前さえいれば幸せだといつも言ってくれるが、人生における楽しみはひとつでも多いほうがいい。辛(つら)いことや悲しいことがあったときは、そういったものが自分を支える杖(つえ)になってくれる。

「ディック、ひどいよっ。俺を置いてさっさと行ってしまうなんて」

小走りで戻ってきたダグが、恨めしい表情でディックを責めた。

「お前は優しいジェントルマンで、そのうえＬＡ市民を守る警察官だから、上手く対応できると思って任せたんだ。すまなかったな」

「まったく悪いと思ってないくせに」

ディックは正解だというように悪い笑みを浮かべ、新しいダイエットコークのボトルをダグに手渡した。

「ダグ、すごく上手だった。最高に格好よくて惚れ直したよ」

ルイスに褒められたダグは飲んでいたコークで咽せそうになりながら、「あ、はい、ありがとうございますっ」と他人行儀に応じたので、ユウトは笑いそうだった。

ふたりは今年の一月に同居を開始したから、すでに八か月も一緒に暮らしている。それなのにダグのルイスに対する態度は、つき合い始めて日が浅い恋人同士みたいに初々しく、見ているほうが気恥ずかしさを覚えるほどだ。

ダグはロサンゼルス市警本部の強盗殺人課に勤務する刑事で、年齢はユウトと同じく三十一歳。誰からも好かれるこの温厚な好青年は、一年前にパコのチームに入ったが、パコは彼のことを特別に目をかけて可愛がっていた。

ユウトはギャング・麻薬対策課の刑事だから本部庁舎でふたりと会うことはあまりなく、もっぱらこういった休日の集まりで交流を深めている。

「マンハッタンビーチでサーフィンをするのは初めてです。夏の時期はあまりいい波が来ないと聞いてましたが、そうでもないですね」

「ふうん。時期によっても違うんだ」

ダグはルイスの隣の椅子に腰かけ、各ビーチにおける波と時期の相関性について語りだした。ルイスはきっとサーフィンにはいっさい興味がないはずだが、「本当に？」とか「へー、そうなんだ」とか相槌（あいづち）を打ちつつ、関心のある態度でダグの話を聞いていた。

さっきのロブの話ではないが、ふたりの関係はダグが首ったけに見えても、ルイスのほうが複雑なものを抱えている分、より深い想いを秘めているのではないかとユウトは想像している。

ルイスはエドワード・ボスコというペンネームで、いくつものベストセラー作品を世に送り出している売れっ子のミステリ作家だ。冷めた雰囲気をまとっているが、見た目ほどクールな性格でなく、実際は情が深い。毒舌さえも繊細で傷つきやすい心を守るための、彼なりの自衛手段なのだろう。

「ヨシュアとユウティも戻ってきた」

ロブの言葉に振り向くと、ユウトとディックの愛犬はロブの恋人であるヨシュア・ブラッドにまとわりつきながら、弾むような足取りで歩いていた。

黒い毛並みのミックス犬のユウティは、ヨシュアが大好きだから彼に会えるといつもはしゃいでしまうのだ。犬は苦手なヨシュアだが、自分と遊びたがるユウティを見ると何かしらの責任感を覚えるらしく、よく散歩に連れ出してくれる。

白いTシャツとベージュのハーフパンツ、足元はビーチサンダルという軽装なのに、ヨシュアはいつもと同じで貴公子然として見えた。色の薄いブロンドが潮風になびき、眩いほど輝いている。写真を撮ったならポスターに使える完璧な一枚になりそうだ。

「お帰り、ハニー。何か飲む？」

「いえ、結構です。……ユウト、散歩中に会った犬連れの家族が、ユウティに犬用のおやつをくれました。勝手に食べさせていいものか迷いましたが、断るのも悪い気がして注意できませんでした。すみません」

「いや、全然構わないよ。散歩させてくれてありがとう」

ヨシュアは相変わらずヨシュアだな、と微笑ましい気持ちになった。最近、ユウティが太り気味だからおやつは控えていると話したから、ちゃんと気にしてくれたのだ。

「プロフェソル、このサンドイッチはどれも最高にうまいな」

のんきな声がした。見ると背もたれを深く倒したデッキチェアの上で、ネトことエルネスト・リベラはロブのお手製サンドイッチを頬張っていた。二の腕にトライヴァルタトゥーを入れた強面のチカーノが、子供みたいに大きく頷きながらサンドイッチを食べている姿は、なんとも言えない可笑しみがある。

「だろ？　具材によってソースもすべて変えているんだ。ネトの好きな照り焼きチキンも作ってきたよ。そっちの青いタッパーだ」

「ネトったら私の料理を食べながら、プロフェソルの料理が食べたいなんて言うのよ。失礼だと思わない？　そりゃロブの料理はいつだって美味しいけど」

「ああ、今日は最高の休日だな」

聞こえないふりでネトがさっそくタッパーに手を伸ばす。トーニャは兄の態度に「もう」と頬をふくらませたが、すかさずパコが頬に優しくキスをして「トーニャの料理は最高だよ。俺が保証する」となだめた。

ネトはトレジャーハンターの友人と国内外の海を転々としている。今はフロリダ沖での沈没船引き上げ作業に参加していて、今日の集まりには参加できないはずだった。ところがハリケーンが急に進路を変えたものだから船は帰港を余儀なくされ、おかげでネトもＬＡに帰ってくることができたのだ。

気の置けない友人たちと過ごす休日は最高に楽しい。特に今日のユウトは仲間との心安まる時間に感謝する気持ちが、いつもより強かった。

「そういえば『天使の撃鉄』の新しいトレイラー、昨日ネットで見たよ。すごく面白そうで、ますます期待が高まった」

パコが言うと、出演者のひとりであるヨシュアは「ありがとうございます」と控え目に礼を言い、出演していないロブは「だろう？」と得意げに胸を張った。

「ヨシュアのカット、最高にクールだったわ。ゾクゾクしちゃった」

トーニャは胸の前で両手を合わせ、珍しく興奮した様子で感想を口にした。ユウトも見たが確かにヨシュアはクールそのものだった。

宣伝用映像の中でヨシュアの演じるミコワイは、主役のアーヴィンとボウを狙う冷徹な殺し屋として登場しており、短いカットでもその冴え冴えとした美貌は印象的に披露され、主役のふたりに立ちはだかる強力な敵であることを、十分にアピールできていた。

名もなきボディーガードから俳優に転向したヨシュアのデビュー作『天使の撃鉄』は、着々と公開が迫っている。彼をスカウトして映画に出演させたジャン・コルヴィッチ監督は、今のところヨシュアを表立った場所に連れ出してはいない。無名の新人をプロモーションに参加させても効果はないと考えているのか、逆に謎めいた美しい殺し屋ミコワイのイメージ戦略なのかわからないが、映画が公開されればどのみち忙しくなるだろう。

「ヨシュアはずっと演技のレッスンに励んでいるんでしょう？　どんな感じ？」

トーニャの問いかけにヨシュアはしばらく考え込み、「難しいです」と答えた。

「感情を全面的に押し出す演技がどうしても上手くできない。特に陽気に大笑いするような芝居は、壊滅的に下手です」

馬鹿笑いするヨシュアの姿を想像したせいで、ユウトは反射的に噴き出しそうになった。けれど真面目に悩んでいる本人の前で笑うのは失礼すぎる。

必死で口を閉じて平静を装っていたら、パコが「ブッ」と噴いた。ユウトは心の中で「やめてくれよ、パコ」と呟いた。

トーニャがすかさず「パコったら」と注意したものの、こちらもこらえきれず笑いだし、そうなるとあとはもうなし崩しだった。ルイスが「駄目だ、ごめん。我慢できない」と腹を抱え、ダグは理性でもって笑いを抑えつけようとするあまり変な顔になり、ネトに至っては遠慮もなく膝を叩いて「ハハハッ」と豪快に大笑いした。

ディックは肩を震わせながら喉を鳴らしている。そうなるとユウトも抑えが利かなくなり、悪いと思いつつも頬の筋肉が痛くなるほど笑ってしまった。

「おい、みんな笑いすぎだよ。ひどいじゃないか」

そう言うロブも笑いすぎて涙目になっている。ヨシュアだけが無表情に立ち尽くしていた。

「ヨシュア、笑ったりしてごめん。でもなんて言うか、君の大笑いする姿はあまりにらしくなくて、想像したらすごく可笑しくなっちゃって」

謝るユウトを見つめながら、ヨシュアは「ああ、そういうことでしたか」と頷いた。

「皆さんが急に笑いだしたので、てっきり笑う演技のお手本を見せてくれたのかと考えていました。みんな私より演技が上手だと感心したのに、本気で笑っていたんですね。何がそんなに可笑しいのか、私にはさっぱりわかりませんが」

ヨシュアらしいずれた言葉に一同はまた爆笑した。笑いすぎて喉が渇き、ディックの持っていたコークを奪って飲んだ。

楽しい感情を発散できたおかげで壮快な気分だった。こんな清々しい気分は久しく味わっていない。何しろユウトはこのところ、ずっと気鬱だった。理由は明快。職場での人間関係に悩みが生じているせいだ。

「そういえばユウト。新しい相棒とは上手くいってるのか？　あの新入り、面白いほど無愛想だよな」

なんてタイミングだ。そこに触れてくれるなという気持ちでパコを振り返った。

「まあ、なんとか」

「なになに、ユウトに新しい相棒ができたの？　全然知らなかったよ。どうして話してくれなかったんだい？　なんて名前？　年齢は？」

何でも知りたがるロブが、すかさず食いついてきた。この楽しい時間を心から満喫したいのに、どうしてあの男のことを思い出さなくてはいけないんだとうんざりしたが、パコもロブも悪気があるわけではない。ユウトはなんでもない顔つきで答えた。

「名前はキース・ブルーム。年齢は俺より三歳下の二十八」

「キースか。で、その彼ってハンサム？」

「……まあ、ハンサムなほうだと思うけど」

ロブが「いいね」と手を叩いた。何がいいのかユウトにはさっぱりわからない。

相棒に求めるものがあるとしたら、それは顔の出来ではなく性格と能力だ。できれば温厚な性格で最低限の社交性があるといい。あとは何事にも落ち着いて対処できる冷静さがあれば、言うことはない。キースは能力はあるようだが、残念ながら性格に難がある。

思い出すと苛々が再燃しそうで、ユウトは強引に話題を変えた。

「ところで、ロブ。痩せたんじゃないのか？　腰回りが以前よりすっきりしてる」

「そうなんだ。よくぞ気づいてくれた。なんと三キロも減ったんだ！　みんなにもらったトレーニングウェアを着て、ひたすらジムに通った成果だね」

ロブは立ち上がって両手を腰に置き、自慢げに胸を張った。するとルイスがすかさずロブの腹を手の甲で軽く叩いた。

「まだ全然絞れてない。そんなんじゃ、新進俳優ＪＢのパートナーとして恥ずかしいぞ。君もパパラッチに追いかけられるかもしれないんだから、もっと鍛えないと」

ＪＢというのはヨシュアのイニシャルで、彼の芸名でもある。今後の俳優活動はＪＢ名義で行うそうだ。

「俺まで追いかけられるの？」

「大丈夫です。そのときは私が追い払います」

「ああ、駄目駄目、ヨシュア。君はもうボディーガードじゃないんだ。自分でパパラッチを押しのけたりしたら、乱暴な俳優だって非難されてしまう。パパラッチを追い払うのは、この俺の仕事だ。……うん、格闘技も習うことにしよう」

平和主義者のロブのことだから冗談だろう。しかしＪＢの人気次第では、ふたりのプライベートが無粋に暴かれることもあり得る。

「にしても、やっぱり俺も撮られちゃうのかな。俺って写真写りを気にするほうだから、ウェイトトレーニングの量をもっと増やさなきゃ」

「必要ありません。ロブはそのままで素敵です」

ヨシュアがきっぱりと言い切った。ロブは感極まったように目を細めて、「ああ、スイーティ」と小さく首を振った。

「君にそう言ってもらえてすごく嬉しいよ」

「私としては、むしろロブにどんどん太ってもらいたいです。お腹も樽（たる）のように出たほうが安心です」

ディックが「なんの安心だ？」と尋ねると、ヨシュアは「そのほうがもてなくなります」と答えた。

「それってロブが浮気しないように、もっと太ってほしいってこと？」

「そうです、ルイス。ディックのようにもてすぎると、ユウトもきっと心配だろうとかねがね思っていたのですが、さっきユウティと散歩をしながら、もし自分がユウトの立場だったならと考えてみました。その結果、もてない恋人のほうが私は嬉しいという結論に至りました」

ユウトは衝撃のあまり、ヨシュアに心の中で話しかけた。すごいぞ、ヨシュア。俺がぐだぐだ考えていまだに出せないでいる答えを、散歩中にさらっと出してしまったのか。――というか、俺はどれだけ愚図なんだ？

「ねえ、ヨシュア。君の深い愛には泣きたいほど感動してるけど、パートナーの肥満を願うのはどうかと思うよ。健康面での心配もあるし、そもそも俺は容姿より話術で人を惹きつけるタイプだから、君をハグできないほど腹が飛び出してたとしても、俺の真の魅力が損なわれることはないと思うんだ」

ヨシュアは相槌も打たずロブをじっと見つめている。ロブは「つまりね」と慌てたように言い足した。

「俺は君に夢中なんだよ。だから俺がどんなにもてたとしても、あるいはもてなかったとしても、それは俺と君の関係性にまったく影響はないってことだよ。……ねえ、ベイビー。アイスクリーム食べたくない？　ふたりで買いに行こうか」

「アイスクリームですか？　私は食べたくありません」

ふたりきりになりたいというロブの誘いに、ヨシュアは微塵も気づかない。その愛すべき鈍さまでが愛おしいのか、ロブは微笑みながら「いいから一緒に来て」とヨシュアの腕を摑んで連れ出した。

「ヨシュアがあんなふうに惚気るなんて驚いた。浮気されたくないから太ってほしいだなんて、可愛いこと言うわね」

「いや、トーニャ、あれは惚気じゃないだろ。俺はちょっと怖いと思ったぞ」

パコの言葉にトーニャは「なぜ怖いの？」と首をかしげた。日焼け止めのクリームを腕に塗っていたルイスが、「パコの言いたいことはわかる」と言い出した。

「相手の価値を貶めることで独占できるという認識は、一歩間違えると危険な心理に繋がるからね。極端な例を挙げれば、他の男に奪われるのを恐れるあまり、美人の彼女の顔に傷をつける男とか」

「やだ、ルイス、やめてちょうだい。ロブは過去に何人も相手を取っ替え引っ替えしてきたんだから、ヨシュアが心配するのは当然でしょ。相手を傷つけてまで独占したいっていう気持ちはよくないけど、そういうのと一緒にするべきじゃないわ」

トーニャに叱られ、ルイスは「冗談だよ」と肩をすくめた。

「ヨシュアを非難する気持ちは微塵もない。むしろ俺がそのタイプなんだから」

「え？　ルイスは浮気防止で俺の顔に傷をつけたいんですか？」

ダグが嬉しそうな表情を浮かべた。引き気味に尋ねるのが普通ではないかと思ったが、ダグはルイスを好きすぎるから感覚が麻痺しているのかもしれない。

ユウトはルイスと一緒にいるときのダグを見ると、どういうわけかご馳走の前で待てと言われて、尻尾だけを高速回転させるユウティを思い出す。ディックにその話をしたら「まさしくそれだ」という同感の言葉が返ってきた。何が言いたいのかというと、好きという感情が空気に漏れ出して、第三者にも伝わってしまうのだ。

「うーん。どちらかと言えば、君のナニに〈俺専用〉ってタトゥーを入れておきたいかな」

ルイスは品のある顔で、時々品のないことを言う。みんなゲラゲラ笑ったがダグだけが少し引きつった顔だったのは、ルイスの言葉に引いたのではなく、自分のデリケートな部分にタトゥーを入れる痛みを想像してしまったせいではないかと、ユウトは考えた。

「私は自分の恋人がもてると嬉しいけどな。だってそれだけ魅力的ってことでしょう?」

「俺が小説の中である登場人物に言わせた言葉がある。『女は恋人をみんなに見せびらかしたがり、男は恋人を家に閉じ込めておきたがる』。またトーニャに怒られそうだな」

トーニャはにっこり微笑み、「怒らないけど、パコはそうじゃないわ」と言い返した。

「ああ、そのとおり。俺はいつだって君を外に連れ出して周囲に見せびらかしたいと思ってる。俺の隣にいる彼女はどうだ? すごく素敵だろう? でも残念。彼女は俺のものだから、指を咥(くわ)えてそこで見てるんだな。っていういやらしい優越感を味わえる。……トーニャ、君は本当に最高だよ」

「ありがとう、パコ。あなたも最高の恋人よ」

パコとトーニャがキスすると、ネトが小声で「恥ずかしい褒め合いは家でやれ」とぼやいた。

「ユウトはどうなんだ? 恋人がもてすぎるのは嫌? それとも嬉しい?」

ルイスに聞かれてドキッとした。いやだから、まだ答えを出せてないんだって。

「……俺は、そうだな。どちらかといえば、あまり嬉しくはないかな。でも自分の好きな人が他人から認められるのは悪いことじゃないし、嫌だって思うのは心が狭い気もするから、できるだけ気にしないようにする。ほら、そういうことって相手を信頼していれば、どうでもいい些細な問題に過ぎないだろう?」

きれい事を口にしたと後悔したが、ダグが「そうですよ! ユウトの言うとおりっ」と強く同意したので今さら退けなくなり、「だよな?」と頷き合った。

「ユウトってさ、昔からそんなできた子だったの?」

一歩間違えれば嫌みになりそうな質問だが、ルイスの表情は苦いものでも舐めたように眉尻が下がっている。単純に理解できないのだろう。

「俺は別にいい子じゃないよ。子供の頃はすごく喧嘩っ早くて、親にもよく迷惑をかけたし」

「そうそう。ユウトは自分からは仕掛けないけど、売られた喧嘩はきっちり買ってしまう律儀な奴だった」

パコが笑いながら言うから思い出してしまった。不良たちに絡まれて喧嘩になり、多勢に無勢でボコボコにされたが、負けを認めずしつこく挑んでいたら、通りがかったパコに助けられたことがあった。家に帰って傷の手当てを受けながら、お前が覚えないといけないのは喧嘩のやり方じゃなく、引き際を覚えることだとさんざん叱られた。

その後、ユウトは空手を習い始め、性に合っていたのかめきめきと腕を上げ、大会で優勝したこともあった。そうなると不思議と喧嘩を売られても相手をしてはいけないと、自分を律することができるようになった。

「でもそれ以外はまるで手のかからない子供だったよ。手がかからなさすぎて、俺もお袋も逆に心配したものだ。ユウトはガキの頃から困ったことがあっても、誰にも頼ろうとしなかった。相談さえしなくて、全部自分ひとりで解決してしまうんだ。お前にまったく頼りにされてないって気がしていたよ」

「そんなことはない。パコのことはいつだって頼れる兄貴だと思ってた。俺はただ自分のことで、誰かの気持ちを煩わせたくなかったんだ」

「その考え方が他人行儀だって言ってるんだよ」

パコはすべては昔話だというように笑っていたが、自分の不器用さが人間関係においてマイナスに作用することを自覚しているので、ユウトのほうは笑えない気分だった。

「パコ、駄目よ。その言い方だとユウトを責めてるみたいに聞こえるわ。可愛い弟がシャイすぎて全然甘えてくれないから、すごく寂しかったって言わなきゃ」

「え？　そう言ったつもりだったけど伝わってなかった？」

ユウトは慌てて「いいんだ、パコ」と首を振った。

「ちゃんと伝わってる。トーニャもありがとう。今さらだけど、君とパコはすごくお似合いだよ。仲のいいふたりを見てると、俺まで幸せな気持ちになれる」

パコとトーニャは顔を見合わせて、嬉しそうに微笑んだ。

正直なところを言えば、パコとトーニャの関係は長く続かないと思っていた。パコは呆れるほど女性にもてる。ユウトの知る限り、女性のほうから口説かれるという点で言えば、パコが最強のモテ男かもしれない。

ディックやヨシュアのような美形は周囲の視線を集めるものの、近づきがたい雰囲気があるせいで相手は気軽に声をかけづらい。パコはハンサムなのに愛想がよく、気取っていないのに不思議と何もかもがスマートで格好いい。ひと言で言えば人好きのするセクシーな二枚目で、誰もがパコをいい人だと言うし、どこにいても人気者になれるタイプだ。

だから女性から頻繁に誘いを受ける。パコは生まれながらにして女性に優しい男だから「ねえ、パコ。相談に乗ってほしいことがあるの」なんて言われれば絶対に断れない。本人に下心がなくても、相手から強く求められれば理性が薄れて、状況に流されることもあるだろう。

そういう過ちのせいで過去に何人かの恋人を失っている。もちろん断固として拒まないパコが悪いのだが、人よりも誘惑が多く降りかかる彼の人生には、多少の同情を禁じえない。

トーニャを愛していても魅力的な女性から誘われれば、またふらっと流されてしまい、そのことが原因で破局するのではないか。あるいはやっぱり本物の女性がいいと思うようになり、トーニャと距離を置くようになるのではないか。そんなふうな悪い想像もしていたが、今のところまったく問題はないようだ。

パコはトーニャを心から愛していて、彼女を傷つけるような真似は絶対にしないと誓っているのかもしれない。最近のパコからはそういった男の誠意というか、決意のようなものが感じられる。

「そうだ、ユウト。お前、ディックにサーフィンを教わったらどうだ?」

「えっ?　いいよ。それよりパコがやったらどうなんだ?　サーフィンがしたいって言ってたわりに、全然しないじゃないか」

パコは「すっかり自信がなくなった」と頭を振った。

「ディックもダグも上手すぎる。若い頃の俺なら余裕で勝てただろうが、長いこと波に乗ってない今の俺だと単なる引き立て役だ」

「過去の栄光にしがみつかないパコは立派だ。でも本当に昔のパコがディックとダグに勝てるかどうかは、神のみぞ知るだな。記憶の中の自分は美化されるものだ。過去はいつだって現実より美しい」

ロブが講釈を垂れると、ルイスが「出たよ。ロブ語録」と突っ込んだ。

「とにかく俺はサーフィンなんてできなくてもいい」

「なあ、ディック。サーフィン嫌いの弟に波乗りの楽しさを教えてやってくれないか」

ディックは「よし」とユウトの背中を叩いた。

「せっかくの機会だ。一緒にやってみよう。無理に板の上に立たなくてもいいさ。パドリングで波にのんびり揺られるだけでも楽しいぞ」

「ユウトは俺のボードを使ってくれ」

ダグにまで言われ、もう頷くしかなかった。あまり意固地に嫌がると、サーフィンができないことをコンプレックスだと思われかねない。

「わかったよ。じゃあ、ちょっとだけやってみる」

ディックとふたりでボードを抱えて歩きだした。日に焼けた砂が足の裏を熱く刺激する。少し歩いて人のいない場所を選んでから海に入った。海水の冷たさに一瞬ひるんだが、進んでいくうち慣れてきた。

波のない場所まで出てボードの上で腹ばいになり、腕を動かし沖に向かって進んでいく。ディックが「上手いじゃないか」とからかってきたので、にらみつけて中指を立ててやった。

「いや、本当に。パドリングも慣れるまでは難しいのに」

「これだけは上手かったんだよ。パコに特訓されたから」

「さっきの話だが、昔のパコの気持ちを想像すると少し切なくなった」

隣でゆっくり波をかきながらディックが言った。

「なんのこと？」

「パコにとって、お前はさぞかし可愛い弟だったはずだ。面倒見のいいパコの性格から考えると、きっと全面的に頼ってほしかったと思う。なのに甘えてこない。寂しい気分さ。俺もたまに感じることだから彼の気持ちはよくわかる」

「ちょっと待て。俺がディックを頼ってないと思っているのか？」

「お前はひとりでなんでもできてしまうからな。それに我が儘も言わない。たまには夜中に俺を叩き起こして、『スプリンクルズのカップケーキが食べたい！　今すぐ買ってきてくれ』って叫んでも構わないんだぞ」

　ひどい例え話にユウトは笑いながら波を叩いた。飛沫がディックの顔にかかる。しかめっ面までハンサムだなんてずるすぎる。

「ディックのことはいつだって頼りにしてる。お前は俺にとって一番の支えだ。そんなこと、本当はわかってるだろう？」

「ああ、わかってる。わかっているのに言ってみたかったんだ」

　水面の下でディックが手を伸ばしてきた。その手を握ってキュッと力を込める。

「今日はお前の笑い声がたくさん聞けて幸せな気分だ。最近、疲れた顔をしていたから気になっていた。何かあったのかと聞いても、お前はどうせ大丈夫だ、心配ないって言うだろうから、タイミングを見計らっていたんだが、新しい相棒が原因だったのか。そいつはそんなに嫌な奴なのか？」

　ディックの言葉を聞いて反省した。仕事のストレスを家には持ち込みたくないし、職場の愚痴もできるだけディックには聞かせたくないと思っているが、そのせいで無用の心配をかけるくらいなら、最初から率直に話すべきだった。

「嫌な奴っていうか、性格的に合わない感じなんだ」

「どういうところが？」

「人の話を聞かないんだ。それに我が道を行く傲慢な感じや、何を言っても動じない神経の太さとか、そういうのが本当に駄目だ。一緒にいると苛々してばかりで、何よりそんな自分が嫌になる」

「お前はそういうタイプが嫌いだからな。ムショで出会った頃、俺のことも大嫌いだったし」

苦笑を浮かべるディックを見つめながら、ユウトは口を開けて動きを止めた。

「なんだ？」

「言われてやっと気づいた。あいつと一緒にいると、ずっと誰かを思い出すような気がしていたんだ。今ようやくわかった。その誰かって昔のお前だ」

ユウトが指さして言うと、途端にディックの顔が情けない具合に歪んだ。

「おい、やめてくれよ。お前はこれからそいつに苛々するたび、昔の俺を思い出して、あの頃のディックは最低野郎だったと再認識するのか？　過去の俺にむかつく頻度が上がると、今の俺の評価にまで影響しそうでものすごく嫌だ」

「大丈夫。ごっちゃにしたりしないから。そりゃ、たまに昔のお前を思い出してむかつくこともあるけど、俺に惚れまくっている今のお前を見ると、過去のことはすべて水に流してやろうって優しい気持ちになれるんだ」

冗談で言ったのにディックの顔の歪みは戻らない。二枚目が台無しだ。ディックは昔のことを持ち出されると、自分の非を認めるあまり何も言い返せなくなる。それが楽しくてたまに苛めてしまうのは、ユウトのひそかなブラックな部分だ。

「なにまじに受け止めてるんだよ。冗談だって。……さあ、そろそろUターンして、浜に向かってパドリングしよう」

「まさか一度もボードの上に立たないつもりか?」

「そうだよ。いけない? お前だって波に揺られるだけでも楽しいって言ったじゃないか」

「言ったがまさか本当にそうするとは思わなかった。さてはあれだな。無様な格好を晒すのが嫌なんだろ」

「別にそんなんじゃない。今日はのんびり過ごしたいだけだ。疲れることはしたくない」

ユウトが澄ました顔つきでボードを回転させると、ディックもそれに倣った。

「まあいいけど。俺はお前と一緒ならそれだけで嬉しいしな。……でも浜までパドルで戻るのはちょっと格好悪いな」

「ディックの場合、格好悪いくらいでちょうどいいんだよ」

自分で言ってから、なるほどと思った。どうやらそれが自分の嘘偽りのない本心らしい。ヨシュアの潔さを見習わないといけない。

そうだ。人生は自分に正直に生きるのが一番だ。みっともない姿だって別に恥じる必要はない。サーフィンボードを浮き輪代わりにしたっていいじゃないか。恋人がもてないように太ってほしいとか、格好悪いほうが安心だとか、いろいろ身勝手に願うのも愛情の裏返しだ。

ありのままの自分を受け入れるついでに、迷いなく断言しておこう。

恋人は自分以外の誰にももてないほうがいい。絶対に。

2

市警本部庁舎に足を踏み入れたところで、少し前を歩いている長身の人物に気づいた。

着古した革のライダースジャケットに、くたびれたブルージーンズ。足元は武骨なタクティカルブーツ。

バイク通勤のキース・ブルームは大抵こういう格好だ。オフィスには不似合いなスタイルだが、ユウトもデニムジャケット、ブラックジーンズ、スニーカーという似たり寄ったりの服装だから人のことは言えない。

キースは長い足をゆっくり動かしてエレベーターホールに向かっている。数秒迷った末、ユウトは口角をクイッと引き上げ、足早に近づいて彼の肩を軽く叩いた。先週、強く叩きすぎてにらまれたので、できるだけソフトにタッチすることを忘れない。

「おはよう、キース」

キースはユウトをちらっと見て、わずかに顎(あご)を引いた。おはようも言い返さない年下の相棒に向かって、「よう相棒。朝食に食べたヨーグルト、もしかして木工ボンドだったんじゃないのか？　唇が開かないなんて大変だな」と言ってやれたら、どれだけすっきりするだろう。

昨日は海で開放的な気分になり、自分に正直に生きるのが一番だと思ったが、現実に戻ると人はそんな単純には生きられないことを思い知らされる。世の中には許される正直と許されない正直がある。悪感情から出てくる言葉をそのまま伝えるのは間違いなく後者で、悪態をつきたくてもグッとこらえるのが、大人の分別というものだ。

朝のエレベーターは大忙しだから、なかなか一階に下りてこない。エレベーターホールに人が増えていく。

「昨日はいい休日を過ごせたか？　どこかに出かけた？」

「部屋で寝てた」

はい、会話終了。内心で深々と溜め息をつきながら、「そうか。ゆっくり休息できてよかったな」と返した。

朝から苛々するな。深く息を吸って長く吐け。自分にそう言い聞かせてから、あえてディックのことを思い出してみる。シェルガー刑務所で出会った頃のディックの態度は、こんなものではなかった。あの冷淡で傲慢で意地の悪かったディックに比べれば、キースの無愛想などまだ可愛いものだ。

少し気分がましになった。これからこれをディック療法と呼ぶことにしよう。ディックが知ったら泣いて嫌がるかもしれないが、背に腹は代えられない。

若い女性職員がキースを横目でちらちらと見ていた。あからさまな視線だから気づいているはずなのに、キースはにこりともしない。見事なまでに完全無視だ。

キース・ブルームは確かにハンサムな男だ。漆黒の黒髪と琥珀色の瞳。顔立ちにどこかエキゾチックな雰囲気があるので、中東か南アジア辺りの血が入っているのかもしれない。アンバーアイは狼の目に多い色でウルファアイとも呼ばれるが、誰とも馴れ合わないキースはまさに一匹狼だ。

「あれ。ユウトもいたのか」

右側からパコの声がした。見るとスーツ姿のパコがこちらを見ていた。スターバックスのコーヒーを手に持ち、脇にはロサンゼルス・タイムズを挟んでいる。スマートな身のこなしは刑事というより、出勤途中のビジネスマンのようだ。

「おはよう。昨日はありがとう。楽しかった」

「ああ、本当にな。また集まろう」

自分たちのフロアでエレベーターを降りてから、「さっきのは俺の兄貴だ」と一応説明すると、キースは興味なさそうに「へえ」と返事した。

「捜査官なのか?」

珍しく質問されたのが嬉しくて、ユウトは愛想よく「ああ、そうだ」と頷いてみせた。

「パコは強盗殺人課の刑事なんだ」

「本部のスーツ組ね。どうりでパリッとしてると思った。エリートの兄貴を持って、あんたも

さぞかし鼻が高いだろうな」

「別にエリートじゃない。パコは俺たちと同じ警官だ」

重大犯罪が起きればスーツ姿で事件現場に颯爽と登場する本部の強盗殺人課は、言うなれば刑事の花形だ。ロサンゼルスで起きた数々の有名事件を手がけてきたこの部署に、憧れを抱く警察官は少なくない。しかしその反面やっかみも受けやすいらしく、エリート集団だの事件を横取りする奴らだの陰で囁く連中も多いと、パコは以前こぼしていた。

ユウトたちギャング・麻薬捜査課、通称麻薬課は主にストリートギャングと売人を取り締まっている。治安の悪い地域での内偵は日常茶飯事で、警察官だと思われないような服装で捜査しなければならない。一瞬で怪しまれてしまうスーツなどはもってのほかだ。

「レニックス。ひとつ聞いていいか」

麻薬課の部屋に入る直前、キースが足を止めて言った。相棒になるのだからファーストネームで呼び合おうと初日に提案したが、キースはいまだにレニックスと呼ぶ。意固地な男だ。

「ああ、なんだ?」

「あんたはなんで警官になった」

「理由はいろいろある。……なあ、キース。そういうことは仕事が終わってから、メシでも食いながら話さないか?」

この手の誘いは何度も断られている。今度はOKしろよと胸の中で言い足したが、ユウトの気持ちを思いやるはずもないキースは、「遠慮する」と肩をすくめた。ユウトの歩み寄り作戦は今回も見事玉砕だ。

「ひと言で答えられないならいい」

「そういうお前はどうなんだ。ひと言で答えられるのか？」

「答えられる。悪党を捕まえてムショにぶち込むためだ。それ以外に理由なんてあるのか？」

話は終わりだというようにキースはドアを開けた。ユウトは溜め息を呑み込み、今はすでに懐かしき元相棒の悩みなんてひとつもないような陽気な顔を思い浮かべた。

一緒に働いていた頃はデニーのお喋り（しゃべ）がうるさくて仕方なかったが、今は逆に恋しい。いくらでも我慢するから戻ってきてほしいと思うが、その望みは絶対に叶（かな）わない。奇跡を祈っても無駄なら、あのいけ好かない男の信頼を得るため、地道に努力していくしかないのだろう。

ユウトがロス市警の一員になって、もう二年になる。麻薬取締局、通称ＤＥＡでのキャリアを買われて、特別枠でロス市警に採用されたこともあり、最初のうちは色眼鏡で見られることも多かった。

相棒になったデニーとも、あまり馬が合わないと思ったものだ。デニーは冗談好きの明るい男で、仕事では真面目を貫くユウトとは正反対のタイプだった。何事も要領よく立ち回る抜け目のなさに何度も眉をひそめたが、デニーはデニーでユウトの堅物さに呆れ、面倒くさい奴だとからかってばかりいた。そういうことを言われるのが嫌いなユウトは内心では不愉快だったし、喧嘩というほどではないが仕事中も些細なことで意見がよく割れた。

それでも険悪な関係にならなかったのは、ひとえにデニーが深刻なムードを持ち込まなかったせいだ。毎日一緒に仕事をしているうち、デニーの適当さとユウトの生真面目さがいい具合に調和し始め、互いの性格を理解してからは息も合うようになり、ふたりで何人ものギャングやドラッグディーラーを逮捕してきた。

それなのに先月、突然デニーの異動が決まり、必然としてユウトはデニーの後任者と組むことになった。ユウトは誰とでもすぐに仲良くなれる性格ではない。プライベートならまだいいが、仕事での人間関係は打ち解けるまでに時間がかかる。

今はましになったが、若い頃はその傾向が顕著だった。他人になかなか胸襟を開けないせいで大人しく見られがちだが、そこにつけ込んで横柄な態度を取る人間はことのほか嫌いで、いざとなればやり返すことに躊躇(ちゅうちょ)しなかった。売られた喧嘩は必ず買ってしまう厄介な性格のおかげで、顔に似合わずクレイジーな奴だと陰口を叩かれたこともある。

DEA時代の自分はとにかく気負いすぎていた。負けたくない。馬鹿にされたくない。軽んじられたくない。無能と思われたくない。そういったたくさんの気負いが自意識過剰に繋がり、必要のない部分でのプライドだけが肥大化していった。

組織の中で孤立しがちだったユウトを、唯一理解してくれたのは相棒のポールだった。優しい性格の持ち主だったが、ユウトが間違ったことをすればすかさず注意し、時には強く怒りさえした。おかげでよく喧嘩もしたが、どんなに言い争ってもユウト自身を否定するようなことは、一度として言わなかった。

心から信頼していた。大切な友人だった。いつしかユウトはポールのような人間になりたいと願うようになったが、気恥ずかしくてその思いを口にしたことはなかった。そして大事なことは何も言えないまま、ポールはこの世からいなくなった。

罠（わな）にはめられたユウトは、ポール殺害の容疑者として逮捕され、冤罪（えんざい）の主張は聞き入れられず実刑判決を受けた。人生のどん底を味わったが、絶望の中で自分の弱さや愚かさを直視できたおかげで、価値観や人生観が変わった。

もちろんディックとの出会いも大きかった。彼こそがユウトを変えた最たる存在であることは間違いない。ディックはユウトと出会えて自分は変わったとよく言うが、それはユウトにしても同じだった。

誰かを心から愛し、自分の幸せ以上に相手の幸せを願う気持ち。そしてそれほど大切な相手から一途に愛され、強く求められる喜び。ディックと過ごすうち、自分を幾重にも覆っていた透明な殻が、一枚また一枚と剝（は）がれ落ちていく気がした。

様々な経験を経た今の自分なら、どんな相手でも上手くつき合える。そう言い聞かせてキースと向き合っているが、この新しい相棒はユウトの心意気を砕きまくっている。

「どうした、レニックス。中に入らないのか？」

ドアの前でデニーを懐かしがっていたら、嗄れた声が飛んできた。振り返るとチームで一番のベテラン、ベン・マーカスが立っていた。

「ああ、マーカス、ごめん。入るよ、もちろん。今すぐね」

「ならよかった。生意気な新入りにうんざりして、回れ右して家に帰るつもりじゃないかと心配したぞ」

「そうできたらいいんだけど」

ユウトは小声で答えてドアを開けた。マーカスは「敵は手強そうだな。まあ頑張れ」とユウトの背中を叩き、先に歩きだした。

少し足を引きずるようにして歩くせいで、マーカスの頭は左右に揺れる。去年、容疑者の家に踏み込んだ際、ベッドの下に隠れていた仲間の放った銃弾が、マーカスの腿を貫いたせいだ。あのときはそばにいたユウトが急いで止血をしたが、おびただしい量の血が流れ出た。救急搬送されて奇跡的に一命は取り留めたものの、足に後遺症が残ってしまった。

「お前らいい加減にしないか！　朝っぱらからくだらない下ネタばかり言いやがってっ。目障りなんだよっ」

チームの島に着くとボリス・クリストフが声を荒らげていた。キングとロペスがニヤニヤしながら、怒るクリストフを面白そうに見ている。

「相棒。何をカリカリしてるんだ。そいつらの下ネタ好きは、いつものことじゃないか」

「ベン、我慢も限界だ。話だけなら聞き流せるが、こいつらご丁寧にジェスチャーつきだ。目の前でさかってる犬みたいに、しつこく腰を振られてみろ。たまったもんじゃない」

マーカスと組んでいるクリストフは頭の切れる優秀な刑事だが、少し神経質なところがある。それをわかったうえでキングとロペスのコンビは、嫌がらせすれすれのラインでふざけてばかりいるのだ。

「悪かったよ、クリストフ。俺の神ってる高速腰使いは、朝から少々刺激が強すぎたな。でも女はこうしてやると、白目を剝いて喜ぶぜ。ほっほっ」

腰を大きく突き出してみせるハヴィエル・ロペスは、警察官らしからぬ外見をしている。長めの黒髪を後ろでくくり、両耳にはいくつもピアスをつけ、首や手首など見える場所にもたくさんタトゥーを入れている。ギャングの一味と言われたほうが納得のいく見た目だし、普段の言動からしてぶっ飛んでいて、最初の頃はヤクをキメているのではないかと疑ったほどだ。

ロペスは先月、密売組織に潜入して情報を得ていたが、別件でハリウッド署が組織のアジトに踏み込み、メンバーたちを逮捕してしまった。その際、ロペスも一緒に拘束され、自分は潜入捜査中の刑事だと主張したが、まったく信じてもらえず留置所に放り込まれ、係長のオコーネルが出向くまで容疑者扱いを受けた。まあ、当然の措置だろうとユウトは思っている。

「お前のお粗末なナニじゃ、どれだけ高速ピストンしたって無駄だろう。必死で腰を振ったところで、女に『ねえ、まだなの？』って言われるのがオチだ」

ロペスの相棒の強面黒人、エイモス・キングが突っ込みを入れた。キングは大柄な男でいつもラッパーのような派手な格好をしている。このふたりが並んで庁舎内を歩いていると、出頭してきた犯罪者にしか見えない。

ロペスは「ヘイ兄弟。言ってくれるじゃねぇか」と中指を立てた。

「お前は俺さまのフル勃起したナニ、見たことねぇだろ」

「見たかねぇよ、そんなもの。けど、お前の高速腰振りはいけてる。もっかいやってみろ」

キングがニヤッと笑う。ロペスは「だろ？」と目を剝いて、また腰を振り始めた。クリストフが怒るのも無理はない。このふたりはおふざけが過ぎる。

「なあ、レニックス。お前の相棒は相変わらずツンケンしてやがるな。挨拶もしてこねぇ。きちんと教育しろよ」

ロペスがユウトを指さして言った。朝のオフィスで腰を振っているお前に言われたくないと思いつつも、「努力する」と答えた。キースの姿が見えないと思ったら、フロアの隅に設置されたコーヒーマシンの前にいた。

「ところでブルームの奴、実際はどうなんだ？　イケてんのか？」

ロペスが声を潜めて質問してくる。この場合のイケてるは、刑事として有能かどうかという意味だ。ユウトは「まだわからない」と正直に答えた。キースが来てから内偵や聞き込みといった地味な仕事が続いている。

　一度だけトラブルがあった。聞き込みの最中に突然、暴れだした男がいたのだが、キースは瞬時に反応してみせた。すかさず男を制圧し、地面に倒して手錠をかけた手際のよさは、賞賛に値するものだった。

　あとから男には強盗容疑で逮捕状が出ていたことがわかった。キースのお手柄だ。しかしそれだけでは、麻薬課の刑事として有能かどうか判断はできない。

「――イケてるに決まってるだろう。奴は分署で実績を上げて本部に異動になったんだ」

「うわ、ボス。いたんですか？」

　課長のスタン・ブライリーがいつの間にか来ていた。係長のハミル・オコーネルも一緒だ。ブライリーはいつもしかめっ面の男だが、今日もやはり眉根が寄っている。

「ブルームがいた分署はサウス管区随一の犯罪多発地域だ。あの若さで荒くれどもと渡り合い、検挙数もトップクラスだった。新入りに負けないように君らも実績を上げてくれ。上げて上げて上げまくってくれれば、私の胃痛も少しはましになるというものだ」

　言いたいことだけを言い、ブライリーは自分のオフィスに入っていった。自分の胃痛は間抜けな部下のせいだと言わんばかりの態度だ。

「現場の苦労も知らないで簡単に言ってくれる」

クリストフがぼやいた。ブライリーの実績主義は今に始まったことではないが、数字ばかりを重視する彼のやり方に、捜査員は皆うんざりしている。

「まあ、そう言うな。ブライリー課長が来てから確かに検挙数は上がっているんだし、彼の指導の成果は出てるじゃないか」

よく言えば平和主義、悪く言えば事なかれ主義のオコーネルがブライリーの肩を持つ。

「んなの当たり前だろ。休日返上で捜査に駆り出されてるんだから」

「ロペスの言うとおりだ。この週末は久しぶりに土日とも休めて最高にハッピーだった。おかげで今日はやる気が漲(みなぎ)ってる」

キングの言葉にユウトも同感だ。しっかり休めば身体も心もリフレッシュできて、より仕事に励もうという意欲も湧いてくる。

「休みは欲しいよな。それは当然だ。しかし市民の安全を守るのが君らの仕事じゃないか。警察官たる者、時には自己犠牲も必要だ」

オコーネルは温厚な優男だが食えないタイプだ。悪感情は持っていないが、本心がまるで見えてこないのでどこか信用できない。しかしそう感じるのはユウトだけらしく、まだブライリーのほうがわかりやすくていいとマーカスに言ったら、お前は変わっていると笑われた。

始業時間になり、チームで朝のミーティングを開始する。それぞれのコンビが今日の予定を報告し、オコーネルが判断していく。ユウトとキースの仕事は先週に引き続き、内偵を続けている売人の監視だ。

「監視ばっかりでまどろっこしい。さっさと逮捕すればいいのに」

捜査車両の運転席に乗り込んだキースは、シートベルトを装着しながら文句を言った。

「俺だって内偵は嫌いだよ。けど逮捕して終わりじゃないだろう。確実に起訴に持ち込み、さらに有罪判決を勝ち取るためには、慎重な捜査が必要だ」

「そんなことはわかったうえで言ってるんだ」

キースは不機嫌な顔つきでアクセルを踏み込んだ。扱いづらい男だ。それでも愚痴をこぼすようになっただけ、先週より関係は進展しているのではないだろうか。

事実はさておき、この際、勘違いでも構わないから、自分自身のために前向きに解釈したいというのが本音だった。

ユウトたちが先週から見張っているのは、ベック・カンターというろくでなしだ。二十六歳のカンターは定職に就いていないが一軒家に住み、ローライダーの派手なインパラを乗り回している。羽振りがいいのは誰彼構わず薬物を売りさばいているせいだろうし、本人はそんな生活を成功の証だと思っているのは想像に容易(たやす)い。

先月、LA市内在住の男子高校生がフェンタニルの過剰摂取により死亡した。オピオイド系鎮痛剤のフェンタニルはその強い効果から合成ヘロインとも呼ばれているが、ヘロインより安価で入手できることもあって若年層にも蔓延している。処方薬の横流しから始まり、今では中国で密造された合成フェンタニルが違法かつ大量に流通し、過剰摂取による死亡者は増加の一途を辿っていて深刻な社会問題だ。

死亡した高校生の交友関係を調べていくうち、カンターの存在が浮かび上がってきた。カンター以外にも何人かの売人が、この地域で十代の子供たちに薬をばらまいている事実も摑めてきた。

売人グループをなんとしても一網打尽に逮捕したい。そのためカンターの家に出入りしている人間の写真を撮り、横の繋がりと仕入れ先を解明し、組織としての常習的売買の証拠を集めなければならない。

カンターの家はドジャースタジアムにほど近い住宅街にある。インパラは家のガレージに収まっていた。彼は午前中はほとんど出かけない。少し離れた路上に車を駐め、監視を開始した。

先週はキースとの距離を縮めたくて、あれこれ話しかけたがろくな返事はなく、次第に虚しくなった。だから今日は余計なことは話さないと決めていた。その気のない女を必死で口説いている冴えない男みたいな気分は、ユウトだって好んで味わいたくはない。

しばらく見ていたらスキンヘッドの若者が家から出てきた。先週も何度か見かけ、車のナンバーで照会をかけたところ、薬物売買と傷害の前歴がある人物だった。カンターの友人のようだが、おそらく薬物の仕入れに関わっているとユウトは踏んでいた。

客らしき数人の訪問があった。訪問者の顔と車のナンバーは、スモークの貼られた後部席からカメラで撮影した。

十二時になり、ユウトはキースに声をかけた。

「昼飯を買ってくる。ホットドッグでいいか？」

「またホットドッグか」

うんざりした様子でキースが言う。近くに飲食店はなく、少し行ったところに小さなホットドッグ屋があるだけだ。

「来る途中に中華料理のデリがあっただろう。あそこで何か買ってきてくれ」

「駄目だ。遠すぎる」

「だったら車で行こう」

「それも却下だ。お前はここにいてカンターの家を監視してろ。俺は歩いてホットドッグを買ってくる」

先週からずっと同じホットドッグを食べて、飽き飽きしているのだろう。キースは「あんたは真面目すぎる」と吐き捨てた。

「俺たちは逃亡犯を監視してるわけじゃないだろ。少しくらい目を離したってなんの問題もないはずだ。メシくらい好きなものを食べさせてくれ」

「子供じゃないんだから我慢しろ」

キースは舌打ちして黙り込んだ。食べ物のことでごねられるとは思わなかった。意外とガキっぽいところもある。

「なあ、キース。相棒として注意しておく。チームの仲間に挨拶くらいしろよ」

「マーカスとクリストフにはしてる」

「ロペスとキングにはなぜしない?」

その質問には答えず、キースはサイドミラーを覗き込みながら「あの子を見ろ」と言った。

振り返ると通りを歩いてきた少女が、カンターの家に入っていくのが見えた。

ドアを開けたカンターは、少女を見て笑顔で中へと招いた。デニムのミニスカートにチューブトップ、素足にサンダルといった格好の少女は、ジェラートでも買いに来たかのような気楽な雰囲気だったが、きっと客だろう。麻薬課での仕事は気が滅入ることだらけだ。

「今すぐ踏み込もう。未成年者への薬物売買の現行犯で逮捕できる」

「駄目だ。俺たちの任務は内偵だ。上の指示なしで勝手な真似は許されない」

キースはハンドルを叩き、ユウトを振り返った。

「カンターはあの少女に薬を売って、あの子はそれを飲む。ちょっとハイになりたいって軽い気持ちでな。けど量を間違ったり、アルコールと一緒に摂取してオーバードーズになるかもしれない。そうなったら最悪の場合、あの子は死んでしまう。でも今踏み込めば最悪の事態は防げる。さっさとあの野郎を逮捕しちまおう」

許されるならユウトも今すぐカンターを逮捕したいと思う。しかしカンターだけを逮捕しても、密売グループそのものを叩くことはできない。トカゲの尻尾だけを掴んだところで、本体は逃げ去っていくのと同じだ。

「それはできない。我慢するんだ。カンターの仲間ごと捕まえる」

キースはしばらく黙っていたが、大きく息を吐いて「わかった」と頷いた。分署ではもっと自由に動けていたのだろう。本部の捜査は何かにつけて慎重だから、キースの苛立ちは理解できなくもない。

監視をキースに任せて車を降りた。ホットドッグとコーラを二セット買って戻る道すがら、もやもやするものを抱えている自分の心の中を探ってみた。答えはすぐに見つかった。どうやら自分は、キースの熱意を羨ましいと思っているらしい。

彼の熱意の出所が正義感でも出世欲でも犯罪者への怒りでも、それはなんだっていい。ただ目の前にある犯罪に飛びつき、格闘してねじ伏せてやりたいという強い気持ちは、若さの特権なのかもしれない。ユウトもかつてはそうだった。

わかりやすい結果を求めて突っ走るだけではやっていけないと、いつしか利口に悟るようになり、今では新入りを注意する側になってしまった。そのことを寂しく感じている。無茶をできなくなった自分が大事な何かを失ったように思えるのは、どうしてだろう。

「キース、マスタードたっぷりと普通、どっちがいい？　好きなほうを――」

助手席のドアを開けて話しかけたが、運転席は無人だった。周囲を見回したが、キースの姿はどこにも見えない。車のキーはついたままだ。

嫌な予感がした。カンターの家を見ると、さっきの少女が走り去っていく後ろ姿が見えた。ひどく慌てているのがわかる。

「あいつ、まさか……」

猛ダッシュでカンターの家まで走った。玄関のドアは開きっぱなしで、中から男の叫び声が聞こえた。嫌な予感が的中したことを確信しながら、ユウトはポーチを駆け上がって室内に飛び込んだ。目に飛び込んできたのは、床に倒れたカンターの背中を膝で押さえつけているキースの姿だった。

「なんなんだよ、放せよ、おい！　誰だよ、てめぇっ」

「ロス市警だ。お前を逮捕する。ベック・カンター、お前には黙秘権がある。供述は法廷で不利な証拠として扱われる恐れがある。お前には弁護士を同席させる権利がある。もし弁護士を雇えなければ――」

ミランダ警告を口にしながらカンターに手錠をかけるキースを、ユウトは信じられない気持ちで見ていた。

こいつは何を考えているんだ？　ついさっき我慢しろと言ったばかりじゃないか。頷いたくせに、たった数分目を離しただけで、何がどうなってこうなった。理解不能すぎる。

「キース、説明しろ。これはどういう状況だ」

「見ればわかるだろう。さっさと片をつけてやっただけさ。この野郎を連行して何もかも吐かせてやる」

こいつは馬鹿なのかと呆れ果てていると、玄関から「おい、カンター」と声がした。

「なんで玄関のドアを開けっぱなしにしてるんだ？　不用心すぎる――」

部屋に入ってきたのは、派手なスタジャンを着たアジア人だった。若い男で目は細く、髪は短い。男は床に倒されているカンターを見た途端、弾かれたように身を翻した。

ユウトも同時に走りだす。男が駐めてあった車に乗り込もうとしたので、襟首を摑んで車から引き剝がした。

「警察だ！　大人しくしろっ」

叫んでから気づいた。ベビーカーを押した女性がすぐ後ろにいる。赤ん坊は寝ているが、母親は驚いた表情で固まっていた。ユウトは「離れてください」と告げたが、女性に気がそれた一瞬の隙を突いて、男が激しく体当たりしてきた。

車に身体を叩きつけられる。すぐさま体勢を戻したものの、男はすでに駆けだしていた。

舌打ちして追いかける。驚くほど足が速い。しかしユウトも負けるつもりはない。男は猛スピードで通りを遁走し、ユウトはぴたりと後ろに張りついて疾走した。

景色がぐんぐん後ろに飛び去っていく。男の右前方に芝生の庭が見えていた。庭は広く柵もない。今だと判断してユウトは勝負に出た。

男の背中めがけて、アメフト選手がタックルするように飛びかかる。突進の勢いで男もろとも空を飛び、芝生の上へと転がり落ちた。揉み合いながらくるくると回転し、止まったところで男が殴りかかってきたが、その腕を左手で掴み、右手で腹に一発お見舞いしてやった。

きれいに鳩尾に入ったせいで、男は口をパクパクさせながら悶絶した。痛みに声も出せないでいる。鳩尾へのパンチは相手の動きを封じ込めるのに効果的だ。激しい痛みはもちろんだが、横隔膜の動きが止まるせいで呼吸困難に陥る。

「大丈夫だ、怪我はしてない。ほら、息を吸え」

男の両腕を背後に回して手錠をかけた。男は観念したらしく大人しくなった。ユウトの勘では韓国系。ボディチェックすると腰にハンドガンが差してあった。九ミリ口径のスタームルガー。ストリートギャングに人気の銃だ。

発砲されなかったのはラッキーとしか言い様がない。男の銃を腰に差して立ち上がった。

「お前、どこかで見た顔だな。名前は？」

男は無言で顔を背けた。しらばっくれてもすぐにわかることだ。男を連れてカンターの家に戻ると、応援のパトカーがすでに到着していた。ユウトは制服警官にバッジを見せ、男を引き渡した。

キースは別の警官と話しながら、玄関ポーチで煙草(たばこ)を吸っていた。カンターはすでにパトカーの後部席に座らされている。

ユウトが近づいていくと、キースは「遅かったな」と言って紫煙を吐いた。こめかみの筋がピクッと動くのがわかった。無言でキースの咥えていた煙草を奪い取り、地面に投げつけて靴底で踏み潰(つぶ)す。

「なぜ勝手な真似をした。俺は監視を続けろと言ったはずだ」

「気が変わった。家の中には大量の薬物があったぞ。コカインもだ。売人の証拠は揃ってる」

「なぜひとりでカンターの家に踏み込んだ。カンターがもし銃を持っていたら？　お前に発砲していたら？　あの少女を人質に取られていたら？　取り返しのつかないことになっていたかもしれないんだぞ」

容疑者の家に踏み込む際は、どれだけ慎重に行動しても予期せぬ事態は起きる。ひとりきりで思いつき同然に踏み込んでいくなんて、訓練を積んだ捜査員とは思えない暴挙だ。

「説教はよしてくれ。俺も無事、あんたも無事、あの子は薬を買えなかったし、ガキに薬を売る悪党は逮捕できた。それだけで十分だろう？」

反省するどころか注意を聞く耳も持たない。怒鳴りつけたい衝動に見舞われたが、どうにか荒ぶる気持ちを抑えつけ、キースから顔を背けた。

3

案の定、ブライリーにはねちねちと叱責(しっせき)された。普段は細かいことを言わないオコーネルにも小言を食らい、ロペスには「新入りに振り回されて情けねぇな」と笑われる始末で、ユウトのストレスゲージは振り切れそうだった。

カンターは「弁護士を呼んでくれ」と言ったきり口を閉ざした。キースは売買の現場に踏み込んだと言うが、少女は姿を消してしまっている。客の証言が得られないのは大きな痛手で、今ある材料だけでカンターを確実に重罪にできるかどうかは微妙なところだった。

「レニックス捜査官、今よろしいですか」

オフィスの不味(まず)いコーヒーを飲みながら、カンターの弁護士を待っていると、顔なじみの制服警官ロドリゲスがやってきた。礼儀正しい控えめな男だ。

「ああ、何か？」

「ベック・カンターの家にいた少女をお捜しでしたよね。その子が母親と一緒に出頭してきているんです。三番の会議室に通しています」

「本当に？　ありがとう！」

キースの姿が見当たらないのでひとりで向かった。会議室の前まで来ると、不安そうな様子で座っている少女の姿がガラス越しに見えた。あの少女だ。

少女の名前はリズ・ヘンリー。カンターの近所に住む高校生で、母親の話によるとリズは友達に教えられ、カンターの家に初めてドラッグを買いに行ったという。

「週末、両親がいないから家で友達とパーティーをする予定だったの。薬を用意しておけばみんな喜ぶ。感謝されたかっただけなの……」

泣きながら話す少女に、「それで？」と続きを促した。

「君はカンターから薬を買ったの？　買ってから逃げたのかな？」

「買えなかった。カンターがなかなか売ってくれなくて。……あいつ、私のこと嫌らしい目で見て、楽しませてくれたら格安で薬をあげてもいいって言い出した。もちろん断ったけどソファーに押し倒された。必死で叫んで抵抗していたら、男の人が飛び込んできたの。警察だって言ってた。その人とカンターは揉み合いになって、私、すごく怖くなって逃げ出した。ごめんなさい」

母親が一緒になって「本当に申し訳ありませんでした」と謝罪した。

「家に帰ったらリズがひどく泣いたんで、何があったのか問い質したんです。話を聞いてびっくりしました。まさかうちの子がそんなことをするなんて……。逃げてもあとで警察が来るかもしれないし、出頭してすべて正直に話すべきだって説得して連れてきたんです」

「ヘンリーさん、ありがとうございます。とても正しい行いでした。リズ、勇気を出して来てくれてありがとう」

リズの証言があればカンターが売人だったと証明できる。レイプ未遂でも叩けるし、あとはどれだけ仲間の情報を引き出せるかだ。場合によってはなんらかの取引が必要になるだろうから、オコーネルの判断を仰がなくてはならない。

リズの調書を女性刑事に頼み、ユウトはいったん自分のデスクに戻った。隣の席にキースが座っていた。ノートパソコンのキーを叩いている。

「逃げた女の子が来てるぞ。お母さんに付き添われて出頭してきた。カンターの家で何があったのかも聞いた」

キースは興味なさげに「そうか」と返事をした。

「そうかじゃない。なぜ俺に正直に話さなかった。お前はあの子がカンターに襲われてると気づき、それで奴の家に踏み込んだ」

「理由なんてどうでもいいだろう。俺は奴を逮捕したかっただけだ」

面倒くさそうに答える横顔に苛立ちが募った。こいつはなんなんだ？　格好つけたいお年頃なのか？　なぜ素直に悪かったと言えない？

「俺はお前の相棒だ。だからって無理に好きにならなくてもいいが、俺に嘘だけはつくな。そんな人間とはコンビを組めない」

キースは顔を上げ、ユウトの強い視線をまっすぐ受け止めている。感情の読めない瞳と対峙(たいじ)していると、さらに苛立ちが増していく。

「言いたいことがあるなら言えよ」

「別にない」

視線をそらされて落胆した。文句でも反論でもいいからキースの気持ちが聞きたかった。とにかく腹を割って話がしたい。麻薬課での危険な仕事は、相棒こそが何より大事な存在だ。信頼できない相手に背中を預けることはできない。

「レニックス、カンターの弁護士が来たぞ」

部屋に入ってきたオコーネルに声をかけられ、ユウトは頷いた。

「キース、先に行っててくれ」

ユウトの言葉に従いキースは出ていった。ユウトはデスクの引き出しから取り調べに使う書類を出そうとして、動きを止めた。意味もなく引き出しの中を覗き込んでいると、このまま永遠に座っていたいという負の誘惑に駆られた。

もちろんそういうわけにはいかない。深く息を吐いて引き出しを閉め、椅子から重い尻を引き剝がした。

「レニックス、まだ帰らないのか」

　上着を腕に抱えたマーカスが近づいてきた。ノートパソコンの画面を見ていたユウトは顔を上げ、「この書類を書き終えたら帰るよ」と答えた。

「そうか。月曜から働きすぎるなよ。ガス欠になるぞ」

「そういうマーカスこそ、家に可愛い天使がいるんだから早く帰らなきゃ。きっと大好きなおじいちゃんの帰りを待ちわびているはずだ」

　マーカスの長女エレナは結婚してオンタリオで暮らしているが、先週から娘のエマを連れて里帰り中だと聞いている。

「ああ、今から急いで帰るつもりだ。しかしあの子はなかなかやんちゃでな。相手をするのも大変だよ。それに抱っこをせがまれるから腰が痛い」

　腰をさするマーカスの目尻のしわがいっそう深くなった。孫娘が可愛くて仕方がないという気持ちが伝わってくる。

　去年、足の負傷でマーカスが入院していた頃、ユウトは何度か見舞いに行っており、病室でエレナとエマにも会っている。あの頃のエマはまだ歩けなかったが、今はよちよち歩きで目が離せない時期だろう。

「……なあ。レニックス。ブルームのことだが、あいつは分署でも孤立していたらしい」

「あの調子で仕事をしていたら、当然そうなるだろうな」

「まあな。けど仕事熱心な男だ。熱心すぎて暴走する。目に見える結果がすべてのように思える時期は、誰にだってあるだろう。あいつはまだ若い。そして多分、心に問題を抱えている。理解者が必要だ」

「俺はあいつのママじゃない」

ユウトが即答したせいか、マーカスは「わかってる」と苦笑を浮かべた。

「甘やかせと言ってるんじゃない。長い目で奴を見てやれと言ってるだけだ。刑事としての資質で言えば、デニーより上だ。あいつは仕事はできたが、すぐにサボりたがる怠け者だった」

冗談交じりの口調だったが、本心がいくらかは混ざっているはずだ。マーカスがデニーの怠慢を説教したことは、一度や二度ではない。

「確かにそうだけど、デニーはいい奴だった。俺と奴は信頼し合っていた」

「本当にそうか？」

鼓動のリズムが大きく乱れた。棘のような何かが胸に深く刺さった気がした。

「どういう意味？」

「深い意味はない。真面目なお前には、あまり向かない相棒だったと思っただけさ。ブルームがお前に心を開けば、ふたりきっといいコンビになる。とにかく焦らないでやっていけ」

肩を軽く叩かれ、「そうするよ」と返した。マーカスは歩き出しかけたが、急に呻いて胸を押さえた。机に手をついて前屈みになった姿に驚き、ユウトは立ち上がってマーカスの身体を支えた。

「マーカス、どうしたんだ?」

「……大丈夫だ、ちょっと胸が苦しくなっただけだ。最近たまにこうなるが、すぐに治まるから心配はない。軽い狭心症なんだ」

マーカスは胸ポケットから出した薬を飲んだ。

「病院には通っているが、オコーネルには報告していない。あいつに知られたら、俺はデスクワーク部署へ異動になる」

気持ちはわかるが心配が先立った。現場での楽ではない仕事が、マーカスの身体に及ぼす影響は計り知れない。

「クリストフは知っているのか?」

白髪のほうが多くなったブラウンヘアを手でかき上げ、マーカスは小さく頷いた。

「奴には話してる。レニックス、そんな顔をするな。俺なら大丈夫だ。警官人生も残りわずかだ。最後まで勤め上げたら、あとは孫の成長を楽しみながら女房とのんびり暮らすつもりだ。それまで、もうひと踏ん張りするさ」

出会った頃より額のしわが深くなった。張りを失った下瞼(したまぶた)のたるみもやけに目立つ。このところ急激に老けたと感じる気持ちの中に、どこか郷愁めいた切なさが混じってしまうのは、死んだ父親の面影を無意識のうちに重ねてしまうせいだろうか。

「だから俺のポンコツの心臓のことは、キングやロペスには言わんでくれ。変に気を使われたくない」

「わかった。でも無理だけはしないでくれ」

「心配するな。俺はしぶとい人間なんだ。これくらい大丈夫だよ」

帰っていくマーカスの後ろ姿を見送っていると、無性にディックに会いたくなってきた。早く家に帰ってディックの顔を見て、声を聞いて、温もりに触れたい。ディックの存在を想像ではなく実体として感じたい。

続きは明日早く出勤してやればいいと自分に言い聞かせ、パソコンの電源を落とした。


アパートメントの駐車場に、ディックのトレイルブレイザーが駐まっていた。車を降りてから自分たちの部屋を見上げると、二階の窓には明かりが灯っている。それだけのことなのに足取りが一気に軽くなった。

ユウトの帰宅を素晴らしい聴覚でもって察したユウティは、ドアを開ける前から玄関で待ち構えていた。

「ユウティ、ただいま。出迎えてくれてありがとう」

ユウティは尻尾をぶんぶん振ってユウトに飛びかかってきた。頭を撫でてやると興奮が増して甘えた声を出す。毎日、一年ぶりに会ったかのように喜んでくれる可愛い犬だ。

「ディック、ただいま。遅くなってごめん」

ユウティを構いながら奥のリビングに向かって言うと、エプロン姿のディックが出てきた。普段はエプロンをしないから見慣れない姿が新鮮だった。

「エプロンなんかしてどうしたんだ？」

「いらっしゃいませ、お客さま。お待ちしておりました。どうぞ、お席へ」

「え？　何？　これ、なんの遊び？」

ディックは答えず、澄ました態度でユウトの背中を押した。リビングに入ってダイニングテーブルの上を見ると、明らかに失敗したとわかる焼きすぎのチキンピカタが皿に載っていた。

「本日のメインディッシュは、こんがり焼き目のついたチキンピカタでございます」

「わかったぞ。失敗を誤魔化そうとして小芝居してるんだな」

ディックは「ちょっと違う」と笑い、ようやくユウトにお帰りのキスをした。

「見た目が悪い分、サービスで補おうとしただけだ。料理中に電話がかかってきて、話をしながら焼いていたらこうなった。すまん」

「これくらい全然平気だ。香ばしくてうまそうじゃないか。手を洗ってくるよ」

ディックはビーエムズ・セキュリティという警備会社に勤務している。見た目のいいボディーガードを揃えているため、セレブや有名人から引っ張りだこだが、容姿がいいだけでなく腕も確かな社員ばかりだ。元軍人や元警察官が多いと聞いている。

とりわけその中でもディックの腕は随一だろう。特殊部隊に所属していたディックは、危険な海外での要人警護も数多くこなしている。しかしハンサムすぎるがゆえの弊害というのか、女性のクライアントから好意を持たれやすく、ちょっとしたトラブルに何度か見舞われた。そのため今はボディーガードの指導係を兼ねた内勤業務に就き、身辺警護は限られた依頼人に絞っている。

夕食は先に帰ったほうが作ることになっているが、ディックのほうが大抵は早く帰宅するので、どうしても任せっぱなしになってしまい申し訳ない気持ちでいっぱいだ。埋め合わせに、休みの日はユウトが腕を振るっている。ちなみに昨日の夜は、ディックの好きな日本風のカレーライスを作った。

「食べててくれってメールしたのに、また待っててくれていたんだ。ごめん」

「ひとりで食べてもうまくない。この焼きすぎたピカタは特にな。何か飲むか？」

ディックはビールを飲んでいる。ユウトは赤ワインを頼んだ。焼きすぎたピカタは、ディックが心配するほどひどくはなかった。

「家に帰ったらディックがいるって最高だよ」

ユウトの唐突な言葉に、ディックが「いつでもいるだろ？」と目を見開く。

「そうなんだけど、なんて言うか、改めてそう思ったんだ。ディックが毎日そばにいてくれることが当たり前になって、たまに忘れちゃうんだ。今がどれだけ幸せなのかって。ごめん、変なこと言って。まだ酔ってないから」

「全然変じゃない。俺なんかこんなに幸せでいいのかって毎日怖くなる。幸せなのに恐怖に苛(さいな)まれているって、そっちのほうがよほど変だろう?」

ディックの優しい眼差しに胸が締めつけられる。世界が滅びてもひとりで生き抜いていけそうなタフな男が、幸せであることを恐れている。

ふと思った。ディックにとって本当の意味で安寧な日々を送るのは、もしかしたらこれが初めてではないのだろうか。親の愛を知らず施設で成長し、軍隊でやっと生きる場所を見つけたのに、家族同然の仲間たちを任務で失った。

そのうちのひとりは、ディックに本当の愛を教えてくれた恋人だった。壮絶な孤独と喪失を味わい、やがて身を焼き尽くすような怒りと憎しみに突き動かされたディックは、復讐に身を投じて己を捨てた。それは残りの人生、いや自身の命さえ放棄したも同然の選択だったはずだ。

けれどディックはこちら側に戻ってきた。ユウトの隣で新しい人生を歩むために。

「変じゃないよ。ディックにとって今の暮らしが、それだけ大切ってことじゃないか」

「大切なのは暮らしじゃない。お前だ。お前がいるから俺は生きていられる」

その言葉を大袈裟(おおげさ)だとは思わない。もちろん甘言とも思わない。ディックの心からの本心だとわかっている。見つめ合ううち、自然と互いに手が伸びて指先が絡み合った。

「ところで例の新入りとは上手くいってるのか？」

そのひと言のせいで、甘い気分が吹き飛んでしまった。

「最悪だよ。キース・ブルームは俺の手に負えない。今日もあいつが暴走したせいで、課長に散々叱られた」

「キースは何をやったんだ？」

今日あったことをかいつまんで話すと、ディックは「ふうん」と顎を撫でた。てっきりそれはひどいと共感してくれると思っていただけに、かなり肩透かしの反応だ。

「ふうんってそれだけ？」

「あ、いや、違うんだ。キースの勝手な行動は確かにむかつくよな。腹が立つお前の気持ちはよくわかる。けど奴が容疑者の家に踏み込んだ本当の理由をお前に話さなかったのは、その女の子のためだったのかもしれないと思ってな。もしそうなら、それほど悪い奴じゃない」

ディックに指摘されて、初めてその可能性に気づいた。リズは薬を買いに行き、レイプされそうになった。十六歳の少女には悪夢のようなアクシデントだ。幸いどちらも未遂だったから大ごとにするのは可哀想だとキースは考え、逃げるリズを追わず、ユウトにも事実を話さなかったのかもしれない。

「悪い奴じゃなくても問題児なのは間違いない。マーカスにも長い目で見てやれって言われたけど、先が思いやられるよ」

「愚痴ならいくらでも聞いてやる。ほら、もう一杯飲めよ」

ディックは空になったユウトのグラスにワインを注ぎながら、「それにしても、デニーとは正反対だな」と笑った。和ませるための軽口だとわかっているが、胸の奥がチクリと痛んだ。マーカスとの会話中に感じた痛みと同じものだ。

「デニーの半分でいいからキースにも陽気さが欲しいよ」

明るい声で言い返したが、舌に残った嫌な味のような苦い気持ちは消え去らない。ディックはデニーと一度しか会ったことがない。その際の立場はユウトの恋人ではなく友人だった。デニーは気のいい男だが、同性愛者に対して差別的な言葉を発することがあった。レイシストというほど排他的ではないのだが、手を繋いで歩くゲイのカップルを街で見かけると、「まったく気が知れねぇよな」と苦笑いするような男だった。

そのせいでユウトはディックの存在を打ち明けられず、デニーはユウトが一緒に暮らしている恋人は女性だと思い込んでいた。いつかは打ち明けたいと思っていたが、その日が来る前にデニーは分署へ異動になった。正直に話せなかった自分を責める気持ちと、相棒に嫌われずに済んだ安堵（あんど）が入り交じった複雑な感情は、ユウトの心の底に今も重く沈んでいる。

デニーとは信頼し合っていたと言ったとき、マーカスに「本当にそうか？」と聞かれて胸が痛んだのは、真実を隠して相棒面していたという罪悪感のせいだろう。

「……ディック、ごめん。デニーには最後までお前のことを話せなかった」

「そんなことを気にしていたのか？　俺はなんとも思ってないのに」

「お前が思ってなくても俺は気にする。ディックにも悪いし、デニーにも嘘をついていたわけだし。いつかは職場でカムアウトしたいと思っているんだけど」

警察という組織は極めて保守的だ。ロス市警は表向き同性愛者も採用すると表明しているが、組織内でゲイだと公言できる雰囲気はいっさいない。メジャーリーグの現役選手にオープンリーゲイが皆無なのと同じことだ。

「ユウト。前から言ってるが、なんでも正直に話す必要はないんだ。自分を守るために、時には秘密を守らなきゃいけない場面もある。プライベートと仕事は分けていいんだ」

「わかってる。わかっていても仲間に嘘をつくのは胸が痛い。すごく身勝手な話だよな」

この話はいつだって堂々巡りだ。結局、いい人ぶるのをやめて割り切るしかないとわかっている。ディックを巻き込んでまでするような議論ではない。

食べ終わってふたりで片付けをし、グラスを持ってソファーに移動した。並んで座っているとユウティもやってきて、ふたりの足元に蹲(うずくま)った。

「あー。ドジャースは負けてるじゃないか。この調子だとポストシーズンに進出できない」

ニュース番組で野球の試合結果をチェックしていると、ディックの携帯が鳴った。ディックは着信表示を見て「自分の部屋で出る」と立ち上がった。珍しいので少し気になったが、ディックは十分ほどで戻ってきた。

「誰から?」

「アトキンス。俺が教育中の新人ボディーガードだ。クライアントからクレームが入ってナーバスになってる。料理中にかけてきたのもそいつなんだ。首になるんじゃないかって心配でしょうがないらしい。身体は樽みたいにでかいのに蚤の心臓で困るよ。大丈夫だって言ってるのに聞きやしない。なだめるのも大変だ」

「へえ。指導係も大変だな。お互い新入りには苦労させられる」

「まったくだ。人にあれこれ言うのは苦手な性分なのに」

「俺にはあれこれ言ってくれるけど?」

ディックの肩に頭を預けて上目遣いで言ってやると、すかさずキスで口を塞がれた。強引なキスを阻止しようとディックの髪を引っ張ったら、抵抗する奴はこうだと言わんばかりに唇に歯を立てられ、ユウトは「んーっ」と抗議の声を上げて逃げた。

「噛んだな」

「痛くしてないだろう? お前は俺の恋人なんだからあれこれ言うし、あれこれしたくなる。そんなの当然じゃないか」

背中に回された腕がねっとりと動き、尻まで降りてきた。感じやすい筋肉をキュッと揉まれ、「ふぅん」と変な声が出てしまった。恥ずかしくてディックの厚い胸を押しやったが、びくともしない。

「ディック、よせ。あれこれするのはシャワーのあとだ」

「嫌だと言ったら？」

「言ったら今夜から一週間、俺のベッドで寝させない」

ディックは素早く両手を挙げて「わかった」と言った。警察官に銃を突きつけられた犯人のような反応に、笑いをこらえきれない。

「聞き分けのいい子は大好きだ」

ユウティにするように頭を撫でてやったら、ディックは恨めしげな目つきで「ワン」と吠えた。寝ていたユウティは「ん？」というように顔を上げて、寝ぼけた顔つきで辺りをキョロキョロと見回し、また寝てしまった。

その様子があまりに可愛くて、ユウトとディックは声を殺して笑い合った。

4

「来たか、レニックス。ブルームも調子はどうだ？」

ブライリーのオフィスに呼ばれ、新たな小言が待っていると予想しながら行ってみると、我らが気難しい上司の機嫌は上々だった。珍しく笑みまで浮かべている。

ベック・カンターの取り調べは難航しているというのに、これはどうしたことか。訝しく思っていると、先に来ていたオコーネルが口を開いた。

「レニックスが逮捕したチョンの件で、ふたりを呼んだ」

あの男の素性はすぐに判明した。名前はハリー・チョン。コリアタウン・クリミナルズ、通称KCSというストリートギャングの一味で、薬物売買などの容疑で逮捕状が出ていた。去年、KCSのボスである兄が殺人の容疑で逮捕されてからは、チョンが実質的に組織を束ねているらしい。

「マーカスたちがチョンの取り調べを行っていて面白い情報を手に入れた。チョンはあのモレイラと取引したことがあるそうだ」

「本当ですか？」

モレイラは急に名前を聞くようになってきた新興勢力だ。対立組織を襲い、薬物と金を強奪するなど荒っぽい犯行を繰り返している。ただし現場に残された銃弾やいくつかの証言があるだけで、すべてがモレイラの仕業だという確たる証拠は摑めていない。

モレイラに殺害されたと思われるギャングや売人は十名以上。ロス市警は一味に辿り着こうと躍起になっているが、依然として組織のメンバーも不明、リーダーであるモレイラの素性も謎という始末で、取り締まりたくても打つ手なしの状況だった。

合点がいった。ブライリーの上機嫌の理由はこれだった。チョンがモレイラ逮捕の手がかりになると考えているのだ。

「チョンはモレイラの顔を知っていて接触もできるそうだ。これは大きなチャンスだぞ」

「司法取引に応じたんですか？」

「スカベック検事が捜査に協力すれば、服役年数を軽減すると持ちかけた。するとチョンは別の条件を出してきた。チョンの兄貴は仮釈放なしの終身刑だが、兄貴の仮釈放を認めてくれるなら協力すると言ってきた。検事はこれを承諾して取引は成立した。ついては、お前とブルームに動いてもらいたい」

「囮捜査ですか」

キースが初めて口を開いた。オコーネルが「そうだ」と頷く。

「マーカスは自分たちがやると言ったが、レニックスをチョンの従兄弟という設定で仕掛けたほうが、モレイラの信用を得やすいと判断した。レニックスは取引を望むコカインの卸し人、キースはその部下としてモレイラに接触しろ。交渉が成立すれば取引現場を包囲して、現れたモレイラ一味を逮捕する。武装している可能性もあるから、その際はSWAT（スワット）にも出動を要請するつもりだ」

SWAT――スペシャル・ウエポンズ＆タクティクス――は警備部に属する特殊部隊だ。ロス市警のSWATは歴史が古く練度も戦術も優れており、その能力は全米随一といっても過言ではないだろう。

かなり危険な仕事になりそうだ。キースの表情を盗み見たが、特に変化は見受けられない。いたって冷静だ。肝の据わった男なのは認めるしかない。

「モレイラはコカインの純度にも強くこだわるそうだから、まずは見本をいくらか持参して信用させる。場合によっては、事前に大量のブツを見せる必要も出てくるだろう」

「ロス市警には、現在そこまでの押収物はないのでは？」

ユウトが疑問を口にすると、ブライリーが「それなら心配ない」と答えた。

「先月、DEAが海上で押収したコカインを借りられることになった」

「あれですか。コロンビア産の高純度だったらしいですね」

ひと月ほど前に沿岸警備隊とDEAが、カリフォルニア沖で不審な船舶を取り締まったところ、船内から大量のコカインが発見された。押収量は約三トン。末端価格にして四億ドル以上になる量だ。

「チョンとは綿密な打ち合わせが必要だ。このあとふたりで奴に会ってくれ」

オコーネルの言葉に頷いて部屋を出て行こうとしたら、ブライリーが「モレイラは必ず逮捕しろ」と机を叩いた。

「これ以上、奴の好き勝手にはさせせん」

「最善を尽くします」

ユウトが言うとキースも「任せてください」と続けた。正直なところ、キースとの囮捜査に不安は拭いきれない。チョンのいる取調室に向かいながら、ユウトは「なあ、キース」と話しかけた。

「これはかなり危険な捜査になる。だから聞いておきたいんだが、お前は潜入捜査の経験があるのか？」

キースは「ある」とだけ答えた。ユウトは「どういう捜査で？」と質問を重ねた。

「いろいろやった。組織に潜入したこともあるし、大きな取引での囮捜査も経験している。俺のことなら心配しなくていいから、自分のことだけ考えていろよ。あんた、日系人なんだろう？　韓国人のふりができるのか？　相手がもし韓国語で話しかけたらどうする？」

「……アメリカ育ちだって言えばいいだろう」

「どう誤魔化すかはあんたの自由だが、上手く立ち回ってくれよ。すべてはあんた次第なんだから。頼んだぞ、相棒」

　思わずユウトの足は止まったが、キースは気づかず先を行く。遠ざかっていく背中を見ながら、なんて可愛くない奴だと呆れてしまった。あまりに腹が立ってディック療法を試みる気にもなれなかった。

　気持ちを鎮めるためにコーヒーを淹れてからチョンのいる取調室に入ると、キースが「俺の分は？」と聞いてきた。

「自分で淹れてこい」

　ざまあみろと思いながら椅子に腰を下ろした。キースが立ち上がると、机の向こうに座るチョンが、「俺の分も頼む」と言った。

「断る」

「コーヒーくらい持ってきてやれ」

　チョンとはこれから協力し合わなければならない。こんな不味いコーヒーでいいなら、いくらでも飲ませてやろう。

「俺の腹にクソなパンチをお見舞いしてくれた刑事か。あんた中国人？」

「日系だ。レニックスと呼んでくれ。今コーヒーを取りに行ったのはブルームだ。俺たちふたりが売人のふりをして、モレイラに接触する」

　チョンは眉根を寄せ、ユウトをしげしげと眺めた。

「あんた、売人のふりなんかできるのか？　ロースクールで勉強中のお坊ちゃんみたいな顔してるのによ」

「心配するな。ギャングのふりくらいできる」

「信じられねぇな。あんたがへまをしたら俺までモレイラに殺られちまうんだ。あの男は蟻を踏み潰すくらいの気持ちで人を殺す。俺はまだ死にたくねぇ」

　チョンが恐怖心を持っていては、この囮捜査は上手くいかない。ユウトは姿勢をだらしなくして、斜に構えた態度でガムを嚙んでいるように口を動かした。

「よう、兄弟。お前は馬鹿なのか？　言っとくがてめぇに選択の余地はねぇんだ。あんまりガタガタ抜かしやがるなら、この取引は中止だ。お前はとっととムショに行きやがれ。二十年は出てこれねぇだろうから、長い休暇をせいぜい楽しむんだな」

　ギャングがよく使うスラングを交えて雑な口調で言ってやると、チョンは「へえ」と感心したように身を乗り出した。

「なかなか雰囲気が出てるじゃねぇか」

「それだとただのチンピラだ」

　両手にコーヒーを持ったキースが戸口に立っていた。キースはチョンにコーヒーを渡し、ユウトの隣に座ると「もっと大物感を出さないとモレイラに疑われる」と言い出した。

「あまり感情を出さずモレイラの顔を無表情に見てるほうが、よっぽど雰囲気が出る」

「なるほど、それもそうだ」

チョンがしたり顔で頷いた。まったくもって面白くない。今のは明日の演技プランではなく、ギャングのふりができると示しただけなのに、一方的に駄目出しされてしまった。

「俺の話はあとだ。チョン、モレイラとはどれくらい親しい？　向こうはお前をどこまで信用しているんだ？」

「モレイラと会ったのは三度だ。しばらく前からLAに入ってくるコカインの量が激減している。うちが仕入れていたルートも壊滅的で、それで仕方なくモレイラに売ってくれと頼んだ。奴から買うと高くつくんだが、背に腹は代えられねぇ。で、奴からまとまった量のコカインを三回買ったんだ」

「どうやってモレイラに接触できたんだ」

「知り合いに頼んだ」

「そいつの名前は？　どういう人間だ？」

ユウトの追及に嫌気が差したのか、チョンは「勘弁してくれよ」と嘆息した。

「モレイラを逮捕するならいくらでも協力する。奴はLAのコカインマーケットをめちゃくちゃにしたうえ、なんだってしでかす危険な存在だからな。けど俺はダチまで売らねぇ」

よほど言いたくないらしい。協力を拒まれると厄介だ。ユウトは「わかった。無理には聞かない」と引き下がった。

ユウトはチョンと話し合って偽の経歴を作り上げた。それをチョンに暗記させ、何度もテストして完璧かどうか確かめた。記憶力はいいらしく、一度もミスはしなかった。

「今からお前に携帯を返す。モレイラに電話をかけるんだ」

「俺が知ってるのはモレイラの右腕で、カミロって男の番号だけだ」

「だったらカミロでいい。会う段取りを整えてくれ」

「もし断られたら？」

「お前の刑期は延びて、兄貴は死ぬまでムショから出られないだけだ。どうにかしたいなら気合いを入れてかけろ」

チョンはユウトから携帯を受け取り、緊張した様子で電話をかけ始めた。

「――よう、カミロか？　俺だよ、ＫＣＳのチョンだ。実はモレイラに折り入って相談したいことがあるんだ。会って話がしたい。……違う、そうじゃねぇ。いい話があるんだ。最高のシュガーを大量に持ってる奴がいるんだ。そいつは俺の従兄弟だから身元は保証する。まとめて買ってくれる相手を探してる。……いやいや、無理だって。うちにそんな大金はねぇよ。何しろ三十キロもあるんだぜ？　キャッシュで払えるのはあんたのボスしか思いつかねぇ。それで電話をかけたんだ」

折り返しすぐに返事をするとカミロに告げられ、チョンはいったん通話を終えた。食いついてくることを祈りながら待つこと五分。チョンの携帯が鳴った。短い会話を終えたチョンは携帯をテーブルに置いた。

「やったぞ。モレイラが会うってよ。明日の夜八時、場所はウェストハリウッドのクラブ〈ステージXP〉のVIPルームだ」

第一関門は突破した。詳細な打ち合わせは明日することになったが、ひとつ問題があった。取調室を出たあと、ユウトは「参考までに聞きたいんだけど」とキースに話しかけた。

「明日、俺はどんな服を着ていけばいいと思う?」

キースはなぜかユウトの頭から足までまじまじと眺め、おもむろに溜め息をついた。

「なんだよ、その溜め息は」

「別に。チンピラに見えない格好ならなんだっていい。……ああ、ただし前髪は上げろ。そのほうがガキに見られない」

年齢より若く見られがちなのは自覚しているが、ガキに見えると明言されたのは初めてだ。文句を言いたいが長く後悔する言葉が飛び出してしまいそうで、ユウトはキースの背中をにらみながら唇を強く引き結んだ。

家に帰るとロブとヨシュアが遊びに来ていた。ダウンタウンのレストランで夕食を楽しんだ帰りに寄ってくれたらしい。

「その後、新しい相棒とは上手くいってる？」

「まったく上手くいってない。明日は大事な囮捜査なのに不安だらけだよ」

ディックが「囮捜査だって？」と顔色を変えた。

「今日決まったんだ。大丈夫、売人を装って容疑者と接触するだけだ。ところで今日は何かお祝い？　ふたりともビシッと決めてるじゃないか」

スーツ姿のロブとヨシュアは、顔を見合わせて微笑(ほほえ)んだ。そんなふたりを見ていると、去年の結婚式が思い出された。

ロブの両親が暮らすベンチュラの自宅で行われたガーデンウェディングは、本当に素晴らしいものだった。あれからもうすぐ一年になるが、ふたりの関係性は端から見てもそうとわかるほどより深まっている。

「実はそうなんだ。ヨシュアのドラマ出演が正式決定して、そのお祝いに俺のお気に入りのレストランで食事をしてきたんだ」

「ドラマって前に言ってた、コルヴィッチ監督が撮る刑事ドラマ？　レギュラーってこと？」

「ああ。撮影開始はまだまだ先だけど、ロス市警を舞台にしたテレビドラマだ。ヨシュアのキャリアにとっていい話だし、人気が出れば長く続くドラマになるかもしれない。何より家から撮影に通える仕事だから、俺としては願ってもない話だ」

「おめでとう、ヨシュア。本格的な俳優デビューだな。毎週、家のテレビで君が出てるドラマを見られるなんて、想像するだけでわくわくするよ」

ユウトの言葉にヨシュアは「ありがとうございます」と礼を言った。

「いっそうレッスンに励みます。役作りのために、相談に乗ってもらえると助かります」

「もちろんだよ。俺だけじゃなく、パコもダグも心から君を応援するはずだ。現役のロス市警刑事が三人もついてるんだ。なんでも聞いてくれ」

初出演の映画もまだ公開されていないのに、ドラマのレギュラー出演まで決まってしまうなんて、ヨシュアの俳優人生は驚くほど順風満帆だ。

ロブは少し前まで、ヨシュアの人生が大きく変わっていくことに不安を持っていたようだが、最近はすっかり吹っ切れた感がある。

「それから、もうひとついいニュースがあるんだ。俺の出版エージェントから連絡があったんだけど、『怪物ではなく　シリアルキラーの素顔』をドキュメンタリー番組にしたいって申し出があったんだ。しかも俺も出演する形で」

「すごいじゃないか！」

ロブが出版した『怪物ではなく　シリアルキラーの素顔』は、取材とデータと犯罪心理学による考察から犯罪者たちの素顔に迫った本だ。専門的内容なのに難しくない語り口で読みやすく、今も売れ続けている。

「まあ、企画だけで終わってしまうかもしれないけど、実はひそかな夢だったんだよね。ドキュメンタリー番組に登場して、したり顔で語る自分のいかした姿を、家のテレビでニヤニヤしながら見るのって」

「すごい夢を持っていたんだな。さすがは自分大好き人間だけある」

ふざけてそう言ったが、ロブのナルシストは半分が事実で半分がフェイクだ。今の自分は大好きだが過去の自分は大嫌いというアンビバレントさは、ロブを複雑な人間にしている大きな要因だろう。

「そうだよ。自分を好きでいるのは何より大事なことだ。人生が素晴らしいものになる」

「名言だな。確かに自己嫌悪や自己否定がなくなれば、人はもっと楽に生きられる」

ディックの口調は冗談めいていたが彼の壮絶な過去を知るユウトには、苦い実感のこもった言葉に感じられた。

自分を好きでいる。簡単なことのようでいて難しい。人は誰しも自分の未熟さや愚かさを嘆き、時にはあらゆる行動や選択を悔いる生き物だ。それらを引っくるめて自己肯定できれば、どれだけ生きやすくなるだろう。

「私はロブと出会えたおかげで、少しずつ自分を好きになっています。そのせいなのかわかりませんが、人生は悪くないものだと思えてきました」

控え目な態度で、けれど迷いのない言葉を口にしたヨシュアは、ロブをちらっと見てからはにかむように唇の端をキュッと引き上げた。そんなヨシュアが可愛くて仕方がないらしく、ロブはいっそうしまりのない表情になる。

　出会った頃は感情を排除して生きているように思えたヨシュアが、こんなふうに変わっていくことに対し、驚きを通り越して感動すら覚える。ロブの愛情によってヨシュアはいろんなものから解放されたのだろう。そして今もなお俳優という新しい生き方に向かって自己改革中だ。

　帰り際、ロブはユウトに「このあと大変だぞ」と耳打ちした。

「君のハニーはきっと気を揉んでる」

「わかってる。ちゃんと説明するって」

　ふたりがいなくなると案の定、ディックは囮捜査について詳しく知りたがった。話すまで引き下がらないのはわかっているから、フェイクのコカイン売買をユウトとキースで主導する囮捜査だと明かした。

「隠しマイクや発信器は身体につけるんだろうな？　現場に応援の警察官は何人くらい配備される？」

「マイクも発信器もなしだ。ボディチェックされると困るからな。応援は五名。クラブの外と中に麻薬課の仲間が待機してくれる。同じチームのマーカス、クリストフ、キング、ロペス、オコーネルだ」

　ディックはまったく納得できないといった表情で頭を振った。

「不十分だ。もしそのチョンという協力者が寝返ったら？　お前とキースを売ったらどうするんだ。相手は危険な連中なんだろう?」

「チョンは服役してる兄貴の仮釈放が欲しくて取引に応じたんだ。それに協力したことがばれたら自分だって命がない。絶対に寝返ったりしない」

「この世に絶対なんてものはない。俺もそのクラブに行く。客を装って待機する」

ユウトが一番恐れていた言葉が、ついにディックの口から飛び出した。

「駄目だ、ディック。それだけは許さない。これは警察の仕事なんだ。お前がどれだけ有能な元軍人だとしても、民間人に関わらせるわけにはいかない」

「けど――」

「けどはなしだ。これは俺の仕事だ。話したのはお前が理解してくれると信じたからだ」

強く言い切るとディックは唇を親指で撫でながら黙り込んだ。しばらくして本来の自分を取り戻したディックは、「わかった」と頷いた。

「俺はお前の帰りを家で待ってる。死ぬほど心配だし、きっと一分もじっとしていられないだろうけど、それがお前の望みなら従うよ」

「ありがとう。本当に心配ないから先に夕食を食べて、ユウティとソファーで居眠りしながら待っててくれ」

ディックがテーブルの上で腕を伸ばしてきた。ユウトも手を出して握り合う。この温もりに触れると、何も心配することなんてないと思える。言葉にできないほどの強い安堵感を与えてくれるのはディックだけだ。

「なあ、ディック。俺たちはいろんなことを乗り越えて、今こうして一緒にいる。昔の俺からしたら、今のこの生活は奇跡みたいなものだ」

「ああ。俺にとってもそうだ。毎日が奇跡の連続さ」

ディックはやっと微笑んでくれた。それだけで温かいものが胸の隅々まで満ちていく。

「これからもちょっとした問題は起きるかもしれないけど、俺とお前の人生はずっとひとつだ。絶対に同じ道を歩いて行く。お前は絶対なんてものはないと言ったけど、俺とお前の関係は絶対だと信じてる。お前は違うのか？」

楽観的な考え方だとわかっているが、だからこそディックに言ってやりたかった。なんの問題もない状況に身を置いていようが、不安や心配はいくらでもかき集められる。それと同じで希望や幸せな未来の夢だって、その気にさえなればいくらでも胸に描けるはずだ。ディックには後者であってほしい。

「俺たちの人生は絶対にひとつか。……これから先、何があってもお前は本当にそう信じられるのか？」

やけに真剣な眼差しだった。ユウトは重苦しい空気を払いたくて、「なんだよ」と反対の手でディックの手の甲を軽く叩いた。

「俺は信じてるって言ってるだろ。どれだけ疑い深いんだよ」

「そうだな。俺は疑い深い。でもこれだけは言える。世界中の誰よりもお前を愛してる。お前が何よりも大事だ。お前のためなら、なんだって捨てられるんだ。必要なら自分の――」

「わかった。もういい。尻がむずむずしてきた」

おどけるように遮ったのは、そうしないとディックが自分の命も捨てられると続けるのがわかったからだ。愛情の言葉は嬉しいが、ユウトが望むのはふたり揃った人生だ。どちらかだけが生き残る悲しい未来など、想像したくもない。

「とにかく明日は帰りが遅くなるけど、心配しないで待っててほしい」

「心配はしないで待つのは無理だが、家で大人しくしてるよ。クラブを出たらメールだけは入れてくれ」

ディックの理解が得られて安堵したが、同時に罪の意識も感じていた。反対の立場ならユウトも同じくらい心配して、きっとあれこれと口出ししただろう。ユウトもディックも自分が危険な目に遭うより、相手の身に何か起きることのほうがずっと怖いのだ。

シャワーのあと、クローゼットを開けて明日の服を取っ替え引っ替えしながら選んでいると、ディックが入ってきて「明日はデートなのか?」とからかってきた。

「俺の設定はギャングじゃないし、かといって堅気のビジネスマンでもない。どんな格好がべストなのか迷うよ。キースには前髪を上げてこいって言われた」

「それは俺も同感だ。このジャケットとこっちのシャツはどうだ？　ボタンを三つ目まで外して着崩すと、いい感じに悪っぽく見える」

「本当に？　ちゃらくないか？」

「小口だろうが大口だろうが、ヤクの売人であることに変わりないんだ。ちゃらく見えたっていいだろう。真面目な学生みたいな男が現れるほうが、よっぽど警戒される」

「なあ、それ本気で言ってる？　さすがに学生には見えないだろう？」

ディックが明言を避けて肩をすくめたので、追及はあえてしなかった。

「俺は服のセンスがないからディックのコーディネートに従うよ。おかげでやっと決まった」

ベッドに腰を下ろすとディックも隣に座り、「大変だな」とユウトの肩を抱き寄せた。

「好きでやってることだから大変だとは思わない。でもたまに虚しくなる。どれだけ厳しく取り締まっても、山ほどの売人を逮捕しても、薬物はいっこうに減らない。バケツでひたすら海の水を汲んでる気分だよ」

「警察の仕事は無駄じゃない。お前たちがいるから現状が維持できているんだ。誰も取り締まらなくなれば薬物はもっと蔓延して、不幸になる人間は何倍にも増える」

背中を優しく撫でられ、首を曲げてディックを見るとそっとキスされた。ユウトの疲れた心を癒やそうとするような優しいキスだ。

「そういえば、一度も聞いたことがなかったな。お前はなぜDEAに入った?」

「犯罪を取り締まる仕事に就きたくて、大学在学中にいろいろ考えた。警察官、FBI、DEA、どこがいいんだろうって。パコが警察官になったから、最初は俺もLAに戻って警察官を目指すことも考えたんだ。でもやっぱりDEAにした。昔から薬物が嫌いだったから。薬物は人を不幸にするし、時には命まで奪ってしまう。殺人なら犯人を憎めるけど、自分で摂取して死んだ場合、家族は怒りや悔しさを誰にも向けられない。それはすごく辛いことだ」

「お前も誰か亡くしたんだな」

ユウトは少しの間、空を見つめ、吐息を漏らしてからディックの肩に頭を預けた。

「ニールって友達が死んだ。すごく親しいってほどじゃないけど、家が近所だったからガキの頃からよく知ってた。大人しい性格で学校では目立たないタイプだったよ。年の離れた妹と弟をすごく可愛がっていた。両親も優しい人たちで、いつ見ても幸せそうな家族だった。なのにある夜、ニールは同級生の家でパーティーに参加して亡くなった。オピオイド系薬物とアルコールのオーバードーズだった。ニールは薬物に手を出すような人間じゃなかったのに、粋がった不良たちがあいつをしつこくからかって、薬を飲むように仕掛けたんだ。だけど俺にも責任がある」

「なぜ? お前はその場にいなかったんだろう?」

「いなかったことが問題なんだ。あの日、学校帰りにたまたまニールと会った。パーティーに行かないのかって聞かれ、行く気はないと答えた。俺は馬鹿騒ぎが嫌いな偏屈な高校生だったからな。ニールは君と一緒に行けたらいいのにって、気弱な笑みを浮かべていた。ひとりで行けば、不良たちにからかわれるのがわかっていたんだ。でもあいつはあいつなりに、みんなと打ち解けようとしていた。努力していたんだ。気に食わない相手とは最初から言葉も交わさない俺とは大違いだった。俺があの夜、一緒にパーティーに行っていたら、そしたらあいつは無理して酒や薬を飲んだりしなかったはずだ」

「ユウト、よく聞け。ニールが死んだのはお前のせいじゃない。絶対に違う」

ディックの胸に深く抱き込まれ、ユウトは強く目を閉じた。わかっている。ニールが死んだのは自分のせいではない。あれは不幸な事故だ。頭ではちゃんとわかっている。それでも最後に話したときの何か言いたげな彼の表情や、あの縋るような眼差しを思い出すたび、ユウトの心は今も苦しくなる。

「ニールのことがあったから、俺はDEAを選んだんだろうな」

「お前はつくづく強い男だ。辛い記憶から逃げずにずっと向き合ってきたんだな」

髪を撫でる手の優しさが心地いい。もっと甘えたい気持ちがふくらんで弾け、じっとしていられなくなり、ディックをベッドに押し倒した。覆い被さり、厚い胸の上に頭を載せ、ディックの鼓動を直に感じながら「強くなんかない」と呟いた。

「何かと闘っていないと、自分への怒りに押し潰されそうだった」

「十分強いよ。お前はどんな状況に置かれても、必ず正しいことを選択しようとする。それが自分にとって辛いことだとしてもだ。簡単にできることじゃない。お前は今まで十分すぎるほど頑張ってきたし、今だって刑事として毎日頑張っている。だからもっと自分を誇れ。お前はいつも自分に厳しすぎる」

ディックの顔を覗き込み、「俺、本当に頑張ってるかな？」と尋ねたら笑われた。

「頑張ってる自覚もないのか？　まったくこのワーカホリックめ。……よし、毎日頑張ってるレニックス捜査官にはご褒美が必要だな。俯せになれ」

「えっ？　い、いいよ、今夜は駄目だ。明日の仕事に差し障りが出るといけないし」

「差し障りなんか出ない。俺のご褒美はマッサージだからな」

早合点した自分が恥ずかしくて、「言い方がいやらしかった」と言い訳したらまた笑われた。

ディックはマッサージが上手い。俯せで肩や背中を揉まれているうち、心地いい眠気が押し寄せてきた。

「眠くなったらそのまま寝ていいぞ」

ありがとうと言いたかったが、微睡みに呑み込まれて声は出なかった。

5

コカインの原料になるコカはメキシコやコロンビアなど、主にラテンアメリカの山岳地帯で栽培されている。コカ農家は集めたコカの葉を粉砕し、麻薬成分のみを溶出させて粘土状のコカペーストを製造する。コカ栽培は貧しい農民たちが生きていくためのなけなしの手段であって、決して儲かる仕事ではない。

例えばコロンビアの農夫がコカペースト一キロで手に入れられる金は八百ドルほどだ。コカイン製造業者に買い取られたコカペーストは、精製されて純粋なコカインになると一キロ二千ドルを超え、アメリカの国境を渡れば三万ドル以上に跳ね上がり、都会のストリートで売り買いされる頃には五万ドルから二十万ドルほどの価値になっている。売人にとっては恐ろしく儲かる商売だ。

コロンビアの奥地でコカ畑を見たことがある。あのとき、ユウトの隣にはコルブスが立っていた。誘拐したユウトを自分が育った軍事キャンプに連れ帰ったコルブスは、アメリカ政府とコロンビア政府を非難し、コカ栽培を余儀なくされている貧しい農民こそが一番の被害者だと語った。

遠い昔の出来事に思えるが、あれからまだ三年しか経っていない。あの奇妙な物語の始まりはどこだったのだろうと、たまに考えることがある。

ユウトの視点で見れば、同僚殺しの罪で逮捕された瞬間だったとも言えるし、シェルガー刑務所に移送されてネイサンに成りすましていたコルブスと、彼を殺すために仲間のふりをして機会を窺っていたディックに出会った日だったとも言える。

ディックの立場なら、始まりはおそらくコルブスが仕掛けた爆破によって、仲間と恋人の命が奪われた冬の夜になるだろう。

それならコルブスは？　そう考えた途端、ユウトは明快な答えを見失ってしまう。コルブスは幼い頃、コロンビアの反政府ゲリラの基地にいたという。誘拐された子供だったのかもしれないが、本人には当時の記憶がなく国籍も本名も不明だ。

コルブスはビル・マニングという政財界の大物が所有するコロンビアの軍事キャンプで、軍人になるべく英才教育を受けて育ち、やがてマニングの私兵として非合法な活動に従事するようになった。破壊や殺人に手を染め、ホワイトヘブンというカルト集団を率いてアメリカ各地で爆破テロも行った。

コルブスは罪なき人々を大勢殺した犯罪者だ。しかしもし普通の家庭で育ち、まっとうな教育を受けていれば、そうはならなかったかもしれない。コルブスという男を善悪の資質から解明することは難しいが、ユウトは彼に命を助けられた。ディックの仲間と恋人を殺した悪党だとわかっていても、どうしてもあの男を憎むことができない。

「レニックス、時間だ」

誰かの声が追想を断ち切った。現実に引き戻されたユウトが顔を上げると、オコーネルがアタッシェケースを持って立っていた。

「ブツはお前が運べ」

デスクに置かれたアタッシェケースを見て、いよいよだと気持ちを引き締める。感傷的な気分でコルブスのことを思い出している場合ではない。

念のために開けて中身を確認した。一キロ分のコカインを長方形の板状にした、ブリックと呼ばれる袋が二つ入っている。他には小分けにしたパケ袋が五つ。末端価格ならこれだけでユウトの年収十年分以上だ。

「ブルームがチョンを連れてきたら出発しろ。俺たちは今からクラブに向かう。――みんな、用意はいいか。出るぞ」

マーカス、クリストフ、キング、ロペスが立ち上がった。マーカスとクリストフは通りに車を駐めて外から監視し、キングとロペスはクラブの客を装いフロアに入る。

「先に入って楽しくやってるぜ」

キングが拳を突き出した。ユウトも拳を出して軽くぶつけ、「ほどほどにな」と返した。

「あのクラブは美人が多い。今夜はかわい子ちゃんと遊べなくて残念だぜ」

ロペスはいつもの調子で軽口を叩き、ユウトの肩に手を置いていなくなった。

しばらくしてブルームがチョンを連れて現れた。チョンはユウトの顔を見るなり「まあ、いいんじゃね？」と言い放った。お前の感想は聞いてないと思いつつ、アタッシェケースを持って駐車場に向かった。

キースは革のライダースジャケットにジーンズ姿でいつもと変わらない格好だが、ユウトの部下という設定だから問題はないだろう。マッチョではないが鍛え上げた筋肉質の身体や隙のない身のこなしと何事にも動じないふてぶてしい雰囲気は、いかにもボスのボディーガードといった雰囲気がある。それに元々、目つきもよくないので役割的にはぴったりだ。

囮捜査用に用意された足のつかない車に乗り込み、二十分かからずクラブ〈ステージＸＰ〉に到着した。平日なのに客は多く、店の外まで若者が溢れている。店の前でバレーパーキングの係に車を預け、三人で入り口に向かった。

「男性だけの入店はお断りしています」

巨体の髭面男に言われたが、チョンが「モレイラとここで会う約束がある。俺はチョンだ」と告げるとすんなり通された。

重低音のビートが腹に響く大きなフロアで、大勢の客がリズムに合わせて身体を揺らしていた。カウンターの椅子に座るキングを見つけた。ユウトと目が合うと、さりげなくフロアのほうを指さした。視線で辿るとロペスはフロアの柱に背中を預けて、女の子を物色するような目つきで周囲を見ていた。問題ないというように、ユウトに向かって頭を上下に揺らしてみせる。

一番奥まった場所にあるＶＩＰルームは、赤いカーテンで仕切られていた。その前にスーツの胸がはち切れそうな、たくましい黒人の男が立っていた。黒いサングラスをかけているので表情はわからない。

「よう、クロウ。ボスに会いに来たぜ」

チョンが言うと、男は無言でカーテンをめくってユウトたちを招き入れた。中に入って息を呑んだ。十人は座れそうな半円形のソファーに誰も座っていない。

作戦は失敗かと思いかけたが、それはユウトの早とちりだった。サングラスの男はソファーの奥に行き、壁の一部を押した。壁が静かにスライドする。隠し扉の向こうに階段が現れ、男の案内で地下へと降りた。

「こちらでボスがお待ちです」

サングラスの男、クロウがドアの前で立ち止まった。どこかで聞いた声のような気がして、ユウトは男の顔を再度見つめたが、やはり見覚えはなかった。

クロウがノックするとラテン系の男が出てきて、ユウトたちのボディーチェックを始めた。チョンが「カミロ。調子はどうだ?」と話しかけた。この男がモレイラの右腕らしい。

キースは腰に銃を差していたが、カミロは「話が終わるまで預からせてもらう」と言って抜き取った。想定内だったがキースは舌打ちして男をにらみつけた。演技かどうかユウトにも判断できなかったので、きっとカミロも芝居がかっているとは思わなかっただろう。

　三人の身体検査が終わり、ようやく中に通された。特別なＶＩＰルームは大企業の社長室のような重厚な趣で、クラブ運営とは関係のないスペースであることは一目瞭然だった。

　ソファーにひとりで座っているのは、品のいい髭を生やした四十絡みの男だった。彫りの深い憂い顔は悩める聖職者のようで、荒っぽい犯罪集団のボスには見えない。

「モレイラ、久しぶりだな」

「そっちがお前の従兄弟か？」

「ああ。従兄弟のユージンと部下のゴードだ。話を聞いてやってくれ。あんたにとっても悪い取引じゃないと思う」

　モレイラは座るよう手でソファーを示した。ユウトとチョンは腰を下ろし、キースはユウトの背後に立つ。

「会えて嬉しいよ、モレイラ。率直に用件だけを言う。上物のコカインをまとめて買ってほしい。一キロのブリックが三十ある。チョンがあんたなら買えると言うから、ブツの一部を証拠として持ってきた」

　ユウトはアタッシェケースをソファーテーブルに置き、中を見せた。モレイラは「コロンビア産か？」と聞いたので、頷いてサンプルの小袋を差し出した。

「高純度のスペシャル品だ。パケを五袋、お近づきの印にプレゼントする」

モレイラは背後に控えていた痩身の男に、サンプルを手渡した。男が足早に部屋から出て行く。分析器に掛けて調べるのだろう。

「俺の知る限りチョン兄弟の従兄弟とやらは、ＫＣＳに今まで関わっていなかったと思うが、お前の生まれはどこだ？」

「韓国で生まれて日本で何年か暮らし、そのあとアメリカに来た。ここ数年はメキシコとアメリカを行ったり来たりだ。チョンとは個人的につき合っているだけで、ＫＣＳとの関わりはいっさいない」

「前科はあるのか？」

「あんたのお友達になるために来たんじゃないんだ。ビジネスの話をしよう」

詮索をぴしゃりとはねつけると、モレイラは「そう言われてもな」と笑みを浮かべた。

「こいつは大きな取引だ。こちらとしても信用できる相手かどうか見極めないといけない」

「俺は大量のブツを一刻も早く現金に換えたい。あんたが駄目ならすぐに他を当たる」

モレイラは考え込むような顔つきでユウトを見ている。カミロが不意に動き、モレイラの耳元に口を近づけて何かを囁いた。

モレイラがちらっとユウトを見た。嫌な目だ。何かしくじっただろうかと、嫌な汗が脇の下に浮いてくる。

「この男は私の部下のカミロだ。カミロが言うには、お前の顔に見覚えがあるそうだ」

鳩尾（みぞおち）に冷たいナイフを差し込まれた気分だった。目の端にチョンの手が見えていたが、拳が強く握られている。頼むから平静を装ってくれと心の中で語りかけた。

自分を見ているカミロの顔を見返しながら、ユウトは「へえ」と足を組み替えた。

「悪いが俺には見覚えがない。勘違いじゃないか？　アジア人の顔は見分けがつきにくいだろうからな」

もしもカミロに警察官だとばれているのなら万事休すだ。心臓が口から飛び出そうなほど緊張しながら相手の出方を待っていると、カミロは思いがけことを言い出した。

「あんた、三年ほど前にシェルガー刑務所にいただろう？　俺もあそこにいたんだ」

一難去ってまた一難だ。カミロのことは覚えていないが、向こうは自分を知っている。

「なんとまあ、こんなところでムショ仲間に会えるなんて驚きだな。あんたは西棟のCブロックにいたのか？」

ユウトは腰を上げてカミロに手を差し出した。カミロはユウトと握手しながら、「いや、俺は東棟だった」と答えた。どうりで見覚えがないわけだ。少し安心した。ユウトの顔は覚えていても、詳しくは知らないはずだ。

「棟が違うのによく俺を知っていたな。あそこには二千五百人以上の囚人がいたのに」

「あんた、エルネスト・リベラと親しかっただろう？　一緒にいるのを何度か見かけた」

なるほど、と納得がいった。有名人だったネトのおかげでとんだとばっちりだ。

「エルネスト・リベラか。聞いたことのある名前だな」

モレイラが顎を撫でながら言う。カミロが「ロコ・エルマノというチカーノギャングのボスだった人物です」と説明した。

「ああ、そうだったな。足を洗ったと聞いたが、今は何をしている?」

その質問はユウトに対してだった。

「さあな。俺もムショを出てからリベラとは会ってないんだ」

ユウトが刑務所にいたとわかったせいか、モレイラの警戒心はいくらか緩んだように見えた。どうなることかと肝を冷やしたが、カミロのおかげで空気が変わった。

「なんの罪で服役してた。薬か?」

「いや、違う。……わかった、言うよ。殺しだ。でも聞いてくれ。冤罪だったんだ。だから俺は今こうして外にいる。正義は果たされたってわけさ」

「優秀な弁護士のおかげだろうが」

チョンがすかさず突っ込んできた。調子を合わせられる余裕が出てきたらしい。

「ボス、結果が出ました。純度は七十五%を超えていました。最高級品です」

痩身の男が部屋に入ってきて報告した。モレイラは「ほう」と背もたれから身体を起こし、目の前にあるものの価値を再認識したかのように、アタッシェケースの中を覗き込んだ。

「パウダーで七十五%を超える純度のものは、滅多にお目にかかれない」

「だから言っただろう？　倍の量の混ぜ物をしても普通に売れる純度だ。この上物三十キロを百万ドルで買わないか。破格値だ」

「本当にこの純度のものが三十キロもあるのか？」

胸ポケットから携帯を出して、用意しておいた動画をモレイラに見せた。ユウトがコンテナの中で三十キロのコカインブリックを指で差し、「品質は保証する」と喋っている動画だ。

モレイラは黙っている。ユウトも唇を閉ざして返事を待った。モレイラは動かない。ユウトはアタッシェケースの蓋を閉めて立ち上がった。

「交渉決裂だな。時間の無駄だった」

「待て。取引しないとは言ってないだろう。せっかちな男だな」

苦笑しながらモレイラも立ち上がる。

「よそに買われるのは悔しい。三十キロ、まとめて買うとしよう。交渉は成立だ」

モレイラが手を出してきた。安堵のあまり気が抜けそうになったが、まだ終わりではない。ユウトは握手しながら「取引はいつにする？」と尋ねた。

「金の用意もある。最低一週間は待ってほしい」

「わかった。連絡はチョンにしてくれ」

「カミロ、お客さまがお帰りだ」

カミロがキースに銃を返した。来たときと同じように、クロウが先頭に立ってユウトたちをクラブ内にあるVIPルームまで戻した。

「どこかで会ったかな?」

カーテンを開けたクロウに、ユウトは思い切って話しかけた。

「いや。俺はムショに入ったことがない」

そうじゃない。シェルガー刑務所ではない。違う場所でこの男と会っている気がする。だがあくまでもそんな気がするという程度の感覚でしかなく、それ以上は探れなかった。


カウンターに座っているキングに軽く目配せしてクラブを出た。車を待つ間に、モレイラとの話し合いが終わったことをオコーネルに報告した。

「よくやった。お前とブルームは予定どおりチョンを自宅まで送り届けろ。チョンを車から降ろしたあとの尾行には、くれぐれも注意しろよ」

「了解です」

モレイラが大胆な犯罪を重ねながらも警察に尻尾を摑ませないのは、それだけ用心深いからだ。ユウトたちの身元を疑って尾行をつけられると困ったことになる。一番まずいのはチョンを警察で拘留しているのがばれることだ。取引が終わるまで、一時的に自宅に戻らせるほうが安全だとブライリーとオコーネルは判断した。

「やったな。モレイラの野郎、食いついてきやがった。これで奴は終わりだ！　ホウッ！」

車の中でディックにメールを打っていると、チョンが興奮して大声を上げた。隣に座っているユウトは耳が痛くなり、「うるさい」と注意した。

「なあ、さっきのはどういうことだよ？　あんたマジでムショにいたのか？」

「潜入捜査でな」

「なんだ、そういうことかよ。警官も大変だな」

ユウトの嘘をチョンは簡単に信じ込んだ。あまりしつこく聞かれても困るので助かった。

「シェルガー刑務所っていやぁ、カリフォルニア州で最高にやばいって噂の重警備刑務所だろう？　仕事とはいえ、あんなところによく入ったな。俺らストリートギャングはプリズンギャングに上納金を払ってるけど、それでもシェルガー刑務所だけは行きたくねぇよ」

ギャングを続けていれば刑務所暮らしは避けられない。それどころか場合によっては、死ぬまで暮らすことになる。チョンのような若いギャングは、同じ韓国系のプリズンギャングに上納金を払うことで、塀の中での無事を確保できる。要するに保険のようなものだ。

何度も後ろを確認したが尾行はついておらず、チョンの家に向かうことにした。コリアタウンのくすんだ路地裏に建つ、古びた集合住宅の四階にチョンの部屋はあった。老朽化がひどく、そのうえエレベーターもない。

「今にも崩れそうな建物だな」

「ああ。だから取り壊しが決まっていて、今は俺だけだ。家主が知り合いだから、ぎりぎりまで住めることになってる」

部屋に入ると少しはましだった。片付いているし、インテリアもこだわっている。けれど意外なほど質素な暮らしぶりだ。

「ギャングのトップにしちゃあ、随分と地味な暮らしぶりだ」

キースが歯に衣着せない物言いで部屋を眺める。

「稼いだ金は兄貴の家族や、ヴェガスで暮らしてるお袋に仕送りしているんだよ」

「へえ。家族思いで泣けるな。ほら、足を出せ。足輪をつける」

「逃げねぇから勘弁しろよな」

キースは持参したバッグからGPS内蔵の追跡装置を取り出し、チョンの足首に装着した。

「お前の居場所は監視センターに把握されている。装置を切断したりLAから出たりすれば、パトカーが即座に駆けつけてお前を逮捕する」

「俺は兄貴が子供たちと暮らせるようにしてやりたいんだ。死ぬまでムショだなんて可哀想すぎるだろ。兄貴の仮釈のためなんだから、今さら逃げたりしねぇよ」

不満そうな目つきでチョンは自分の足首を見下ろしている。この青年はギャングだし犯罪者でもあるが、家族を大事に思っているのは確かだ。大抵の犯罪者がそうであるように、チョンもまた悪党だが悪人ではないのかもしれない。この街では貧しさゆえに道を踏み外していく若者が多すぎる。

「じゃあ俺たちは帰るからな。わかってると思うが、このことは絶対に誰にも言うなよ」

「言わねぇよ。サツに協力したなんてばれたら、仲間に殺されるっつーの」

「それから何かあったり困ったことが起きたら、いつでも俺に電話しろ。夜中でも駆けつけるから遠慮するなよ」

チョンはしばらくユウトの顔を見つめていたが、「おまわりに頼るほど、落ちぶれちゃあいねぇよ」と肩をすくめた。

「大体、お前ら警官は誰も信用できねぇ。俺が知ってるおまわりは、どいつもこいつも薄汚い連中ばっかだ。ギャングの金を横取りしたり、金で犯罪を見逃したり、マジ最低だよ」

「中には汚職警官もいるだろう。でも俺は金で動いたりしない」

警察官の汚職行為はよく問題になっている。ロス市警は特にトラブルが多く、上層部が信用失墜に頭を痛めているのは周知の事実だが、ギャングにまで汚いと言われる現状はやり切れないものがある。

モレイラから連絡があればすぐ電話しろとしつこく言い聞かせ、ユウトはキースと部屋を出た。念のため尾行がないか再確認するため、キースに指示して細い路地で車を走らせた。バックミラーに映りこむ車はない。

「大丈夫そうだな。本部に戻ろう」

「チョンを家に帰してよかったのか？　あいつはきっと逃げる」

　ハンドルを握るキースは、チョンの逃亡を断言した。その自信はどこから来るんだとうんざりした。

「これは上の指示だ。文句があるならブライリーに言え。俺はチョンを信じる。あいつは逃げたりしたい」

「へー。あんな野郎を信用してるのか。おめでたい頭だな。チョンのような連中は根っからの嘘つきだ。ガキの頃から数え切れないほどの犯罪に手を染めている。信用なんてしたら痛い目を見るだけだぞ」

「やめろ。憎むのは犯罪行為だけでいい。罪を犯した人まで憎むと正しい仕事ができなくなる。俺たちの仕事は特にそうだ」

　憎しみは時に大きな力になるが、行動の原動力にしてはいけない。ユウトの信念のひとつだ。

「きれいごとばかり言う奴を、俺は信用しない」

「そうかよ。俺を信用できないっていうなら他の奴と組めばいい。もっとも、お前と組みたいって人間がいればの話だけどな」

　言い終えた瞬間には後悔していた。ひどい失言だ。キースは「いないだろうな」と鼻先で笑い、ユウトをちらっと見た。

「けど、そういう自分はどうなんだ？　あんたが隠してることがばれたら、あんたと組みたがる奴だっていなくなるんじゃないのか？」

「……どういう意味だ」

指先が急速に冷たくなった。これ以上、キースの言葉を聞きたくない。

「俺は他人のセクシャリティに興味はない。そいつが母親ほど年の離れた女を好きだろうが、同性とつき合っていようが、ベッドの中で変態的セックスに耽(ふけ)ろうが、そんなのはどうでもいい。あんたのこともそうだ。でもこれは事実だから言わせてもらう。男の恋人と一緒に暮らしているだろ？」

なぜお前が知っているんだと尋ねることさえ抵抗があった。そんなユウトの内心を読んだかのように、キースは自分から理由を明かしてきた。

「相棒になる相手のことは、事前に調べるのが俺の流儀でね」

怒るよりも唖然(あぜん)となった。相棒の身上調査をする刑事なんて聞いたことがない。

「俺のことをどこまで調べた？」

「別に探偵を雇って詳しく調査したわけじゃない」

「そんなわけないだろう。俺の同居人のことまで知っているなら人を使ったはずだ」

「使ってない。自分の目で見ただけだ。あんたが金髪の北欧系ハンサムといちゃついてるのをな。あんたと金髪男は公園で犬の散歩をしていた。駐めた車の中から見ていたが、ふたりは恋人同士だってすぐにわかった」

　いや、ちょっと待て、俺はディックと外でいちゃついたりしないぞ、と反論したかったが、重要なのはそこではない。

「信じられない。お前、俺の家まで来て行動を監視していたのか？」

「大袈裟に言うなよ。どんなところに住んでいるのか確認しに行っただけだ。そしたらあんたと金髪男が、クソ可愛い犬を連れて出てきた。あんたの前の相棒が言ってた。レニックスは恋人と一緒に暮らしているけど、一度も会わせてもらってない、よっぽど大事な彼女なんだろうってな。それでピンときた」

「デニーと喋ったのか？」

「親切なお喋り野郎だったよ。俺が新しい相棒と上手くやっていけるかどうか不安だから、アドバイスしてくれないかって電話をかけたら、あんたのことをいろいろ教えてくれた。もし俺が警察官を装ったギャングだったらどうするんだって心配になるくらい、奴は口が軽かった」

　怒ってはいけない。デニーはユウトとキースが仲良くなればいいと思い、そうしたはずだから。しかし今度会ったら言ってやりたい。お前は確かに親切なお喋り野郎だと。

「俺がゲイだから信用できないのか」

「さっき言っただろう。俺は他人のセクシャリティに興味も関心もない。俺は誰も信用しない人間なんだ。あんたのことだって、相棒だからこそ疑いの目で見る」

　車の中だからそうしなかったが、上を向いて空を仰ぎ見たくなった。キース・ブルームという男は単に性格が悪いのではなく、根っからの人間不信なのかもしれない。

「俺が言いたいのは、人に嘘をつくなと説教したくせに、あんたはどうなんだって話だよ。相棒だの仲間だの信頼だのってきれいごとをほざいているくせに、自分は都合の悪い部分を秘密にしている。そんなんで互いを信用しましょうって、おかしな話だと思わないのか？」

正論だ。キースの言い分は間違いなく正しい。けれどやり方がずるい。

相手の痛いところを突いて罪悪感を覚えさせ、優位に立とうとしているのなら、そんな手に乗ってやるつもりはない。絶対にだ。

「俺がゲイだとして、そのことを職場で話さないのは違法じゃないし倫理にも反しない。プライベートな話をするもしないも俺の自由だ。俺の個人的な話を麻薬課のみんなに言いふらしたいなら好きにすればいい」

キースはハンドルを切りながら、吐き捨てるように「言うかよ」と答えた。

「カムアウトしろって言ってるんじゃない。俺があんたを信用できない理由を話しただけだ」

「なるほど。要するにただの難癖か。お前、本当にガキだな」

「はあ？　三つしか違わないだろ」

キースは眉根を寄せて噛みついてきた。

「年齢の問題じゃない。性格がガキだと言ったんだ。お前がガチガチのホモファビアで、ゲイ野郎なんかとコンビが組めるかっていう話なら、俺はすんなり納得したし同意もした。俺だって差別主義者とは組みたくないからな。でもお前は自分の正当性を主張したいがために、俺のプライベートを最後の切り札みたいに持ち出して攻撃したんだ。下劣なやり方だし、嫌気が差すほど子供っぽい」

「別に切り札とか――」

「黙れ。人の話は最後まで聞け。反抗期真っ盛りみたいなクソガキを押しつけられて、こっちは心底うんざりしてるんだ。お前はきっとママのお腹の中に、協調性と謙虚さを置き忘れてきたに違いない。だからいい年して大人になれないんだ。悪いが俺はお前のマミーじゃない。可哀想なキース坊やを躾ける義理はないから、ひとりでとっとと大人になりやがれ」

キースはしばらく黙り込んでから、「ちょっと言い過ぎたと思ってるだろう?」とユウトに質問した。

「まったく。お前のこれまでの無礼と比べたら可愛いもんだ」

信号が赤に変わり、停車した車中でキースが「本当だったんだな」と呟いた。

「何がだ?」

「デニーが言ってた。普段は温厚で品行方正なのに、怒ると容赦がなくなるって」

「言っておくが俺はまだ本気で怒ってないぞ。苛ついてるだけだ」

キースが「本音は大歓迎だ」と皮肉な笑みを浮かべた。

「それくらいはっきり物を言う奴のほうが、俺はつき合いやすい」

「お前の好みなんて知ったことか」

胸ポケットに入れている携帯の着信音が短く鳴った。出して確認すると、チョンからの電話だった。

「チョンがかけてきた。でもなぜすぐ切った？」

「間違えてかけたんだろう。今頃、奴は部屋にはいないだろうけどな」

しつこい男だ。ユウトは我慢できず声高に言ってしまった。

「チョンは絶対に逃げたりしない。百ドル賭けてもいい」

「だったら俺は、部屋にはもういないほうに百ドル賭ける。確認しに行くか？」

勝ち誇ったようなその目つきが気に食わない。ユウトは「いいだろう」と頷いた。キースは次の交差点で車をUターンさせ、来た道を戻ってチョンの家へと向かった。

途中で俺は何をしているんだろうと馬鹿馬鹿しくなったが、自分の正しさをキースに知らしめてやりたい意地のような気持ちが勝っていた。負けず嫌いな性格は我ながら本当に厄介だ。

路地で車を駐めて見上げると、チョンの部屋には明かりがついていた。

「ほら、部屋にいる」

「荷物をまとめてる最中かもしれない。確認しに行こう」

キースが車を降りていく。自分の間違いを認めたくないのだろうと、勝利を確信したユウトは鷹揚な気分であとに続いた。四階まで上るのは骨だが、キースの悔しそうな顔が見られるならよしとしよう。

「チョン、開けろ」

キースがドアをノックしたが反応はない。

「シャワーでも浴びてるんだろう。もういい、帰ろう」

「ここまで来たんだ。中を確認する。……おい、チョン。いるんだろ。ん？」

ドアノブに手を伸ばしたキースは施錠されていないことに気づき、「不用心だな」と言ってドアを押した。どうせチョンを怒らせるだけなのにと思いながら、ユウトも続いて室内に入った。だがキースが足を止めたせいで、肩に鼻を強くぶつけてしまった。

「なんだよ、いきなり立ち止まって――」

「下がれ」

銃を抜いて構えたキースの肩越しにそれが見えた。血を流して床に倒れている男。チョンの変わり果てた姿だった。

ユウトも急いで銃を抜こうとしたが、今夜は生憎と携帯していない。仕方なくキースの背後に甘んじた。

銃を突き出したキースは浴室をチェックし、それから寝室に踏み込んだ。すぐに「クリアだ。誰もいない」と声が聞こえ、ユウトはチョンの傍らにしゃがみ込んだ。

腹部を撃たれている。ひどい出血だ。すでに意識はなく、目は開いたままだ。

唇がかすかに動いた気がした。キッチンにあったタオルを持ってきて、血に染まった腹を強く押さえる。

「チョン、しっかりしろ！　誰に撃たれた？　モレイラの仕業か？」

話しかけても光を失った黒い瞳は、虚ろに見開かれているだけで何も映さない。死なせたくない一心で、チョンの胸を押して心臓マッサージを開始した。

強く押すとチョンの口から空気が漏れ、それがユウトの耳には「兄貴」と言ったように聞こえた。

「ああ、わかってる。兄貴の仮釈放なら心配ないぞ。絶対に認められる。お前のおかげだ。だからお前も頑張れっ」

「今、救急車を呼んだ。チョンの様子は？」

ユウトは答えず胸を押し続けた。チョンの目に光は戻らない。それを認めたくない。

「もうよせ。諦めろ。チョンは死んでる」

「まだ助かるかもしれない」

「レニックス、聞け。すぐにここを離れるべきだ。もしこれがモレイラの仕業だったらどうする？　どこかであいつの部下が見張っていたら、相当まずいことになる。警察が来る前に逃げないと、俺たちは完全に疑われる」

キースの指摘は正しい。いくら従兄弟が撃たれたからといって、三十キロのコカイン取引を控えた売人が警察沙汰を避けないのはおかしい。キースに腕を摑まれ、ユウトは仕方なく立ち上がった。

チョンの血で手が赤く染まっている。スーツのポケットからハンカチを出し、手を拭きながら部屋を出た。遠くで救急車のサイレンが鳴っている。キースはユウトが助手席に座った瞬間、車を急発進させて大通りに出た。

「尾行はないようだな。早く本部に戻って報告しよう。いや、その前にオコーネルに電話をかけたほうがいい」

キースの言葉は聞こえているが動けなかった。チョンの死をまだ受け止めきれない。

「……俺たちのせいだ。捜査に巻き込んだせいで、あいつは死んだ」

「あいつはギャングだ。仲間割れや敵対勢力との抗争もある。さっきは早く現場から離れたほうがいいと思ってああ言ったが、冷静に考えればモレイラの仕業とは思えない。疑っていたとしてもいきなり撃つなんておかしいだろう？　拷問された形跡もなかった」

それはわかっている。室内は荒らされていなかったし、怪我もしていなかった。だがタイミングがタイミングなだけに、自分たちが彼の死に無関係だとは思えない。

「深刻ぶるのはやめてくれ。起こってしまったことは仕方がないだろう。どうせ刑務所にぶち込まれる犯罪者じゃないか。気に病むな。それより今後のことを考えないと――」

「犯罪者だからなんだっ？　死んで構わない人間なんていないだろ！」

ダッシュボードを拳で叩いて反論すると、キースは「いるさ」と平然と言ってのけた。

「チョンがそうだとは言わないが、世の中には死んだ方がいい人間もいる。俺はジャンキーが家の中に立て籠もって、自分の幼い子供たちを撃ち殺す現場に居合わせたことがある。誤解から無関係の家に押し込んで、ライフル銃を連射して善良な若い夫婦を殺した十代のギャングも捕まえた。あいつらが死ぬべきだった。他人の命を無惨に奪うくらいなら、絶対に死んだほうがよかった」

「チョンは誰も殺してない」

「そのうち殺したかもしれない。あいつは兄貴もギャングなんだ。更生なんてできやしない」

怒りの感情は芽生えなかった。キースの言葉に感じたのは無気力にも似た悲しみだった。キースは犯罪者を常に断罪し続けている。

「誰だって環境や状況次第で罪を犯す可能性はある。俺だってお前だってそうだ。過ちを犯したから死んだほうがいいって、それは違う。絶対に違うぞ」

キースは前を見たまま薄く笑った。小馬鹿にした笑いではなく、何かを諦めきった人間の寂しい横顔に見えた。

「あんたはとことん偽善者だな。きれいごとはもう聞き飽きた」

6

駐車場からのわずかな距離さえ果てしなく遠く感じられ、永遠に家に辿り着けないのではないかという途方に暮れるような気持ちになりながら、ようやく部屋の前まで来られた。

家に入る前に気持ちを切り替えたくて、通路で深呼吸を繰り返す。三度目に息を深く吸い込んだそのとき、ドアが開いた。玄関にディックが立っていた。

ユウティはどこにもいない。なぜわかったのだろうと思いながら、慌てて唇に笑みを浮かべて「ただいま」と言うと、ディックは有無を言わさない強い力でユウトの腕を摑み、中へと引っ張り込んだ。ドアが閉まるのを待たず、両腕でしっかりと抱き締められる。

「無事でよかった。本当によかった」

「ディック……」

血のついた服で帰ればディックを驚かせてしまうと思い、本部を出る前に電話をかけた。協力者だった男が殺されてしまったが俺に怪我はないと伝えたものの、どのみち心配させてしまったようだ。

キースと本部に戻ってからも大変だった。ブライリーとオコーネルが待ち構えていて、この件は麻薬課だけの話に留まらないので、副本部長の判断を仰ぐと言われた。

ロス市警のナンバーツーである副本部長のマッケイは、恐ろしく不機嫌な表情で本部に駆けつけ、捜査上の都合とはいえ、殺人現場から離れたユウトとキースを強く叱責した。

警察に協力中の人間が殺害された事態を重く見たマッケイは、本部の強盗殺人課に捜査を担当させることを決定した。ユウトたちは殺人捜査に全面的に協力するよう指示され、やっと帰宅を許された。

「疲れただろう。先にシャワーを浴びてこい」

「うん。そうするよ。ひどい格好だし」

ユウティはよく眠っているらしく、ソファーの上で丸まったままぴくりともしない。撫でてキスしたかったが起こすのは可哀想だから、挨拶せずに浴室へ向かった。

服を脱いで扉を開けるといい匂いが漂ってきた。バスタブを白く満たしているのは、アロマの香りがするバスバブルだった。ディックの優しさに感謝しつつ、たっぷりの湯に身体を浸した。心地よさに唇から深い息が漏れる。

長い一日だった。肉体より精神的な疲労感でくたくただ。目を閉じて頭を空っぽにしようと努めても、閉じた瞼の裏に血だらけになったチョンの姿が浮かんでくる。

麻薬課の刑事になってから死人は何度も見てきた。聞き込み中にギャング同士の撃ち合いが始まり、目の前で三人が死んだこともある。通報を受けて踏み込んだ売人の家では、薬でぶっ飛んだ男が自分の頭を撃ち抜く場面に居合わせたこともあった。

すべての事件が悲劇だし、直視しがたい無惨な出来事だと思っているが、チョンの死はそのどれとも違っていて、やけに心を挫かれた。取引だったとはいえ、自分たちはチョンとチームを組んだ。危険な存在であるモレイラに対して、一蓮托生の関係だったとも言える。

なのにチョンだけが死んだ。もちろん彼の死を悼む気持ちもあるが、心の内を突き詰めて探っていけば、罪の意識のほうが強いのかもしれないという考えが芽生え、そうなると今度は曖昧模糊とした心の迷路に迷い込んでしまった。

要するにチョンのためではなく、自分のために心を痛めているのではないか。だとしたらキースの言うとおり、自分はなんてご立派な偽善者なのだろう。

「入っていいか？」

扉の向こうからディックが顔を覗かせていた。手で招くとディックは入ってきて、蓋の閉まった便座に腰を下ろした。

「バブルバス、ありがとう。すごくいい香りだ。こんなのいつ買ったんだ？」

「職場でのもらいものだ。……大丈夫か？」

ディックの手が頬に触れてくる。愛おしむような手つきで頬や耳を撫でられ、心も身体も緩んでしまう。自分からディックの手に頬擦りしながら、「正直に言うと大丈夫じゃない」と呟いた。

「なんだかもう、すべてのことから逃げ出したい気分だ」

「お前がそんなふうに弱音を吐くなんて珍しいな。俺でよければなんでも聞くぞ」

ディックはユウトの濡れた前髪を指でかき分け、上体を屈めて額に優しくキスをした。恋人のキスは弱った心に効く特効薬だ。その甘い感触をもっと味わいたくて、キスをねだるように目を閉じると、瞼に、こめかみに、鼻筋にディックの唇が落ちてきた。

早く唇を塞いでほしいのに、焦らすようなキスが顔中に降り注ぐ。優しい男の意地悪にユウトの興奮はいっそう高まり、両手でディックの顔を押さえて自分から口づけた。

けれど唇が強く密着しない。ディックが笑っているからだ。

「何が可笑しいんだ？」

「可笑しくて笑ってるんじゃない。キスを欲しがるお前が可愛くてにやついてるだけだ」

「悪趣味」

「いいや、俺は趣味がいい。その証拠に、俺の恋人は世界一いい男だからな」

今度はユウトが笑う番だった。落ち込んで帰ってもディックがいる。他愛のない会話で笑わせてくれる最高の恋人を持った自分は幸せ者だ。ディックはいつだってそこにいるだけで、人生において一番大切なものを教えてくれる。

「世界一いい男として言うけど、俺はディックを世界一いい男だと思ってる」

「そいつは困った。世界一いい男決定戦をしないといけなくなった」

言いながらディックはバスタブの端に腰を下ろした。距離が縮まった分、セクシャルな気分もいっそう高まってくる。でもそれは自分だけでなく、ディックも同じだとわかっている。その証拠にディックの優しい眼差しの中に、獲物を狙うハンターのような気配がわずかばかり混ざり込んでいた。

そうなるとユウトも負けてはいられない。大人しく狩られてやるつもりはないと伝えてやるのが、世界一いい男としての務めだろう。

「その決定戦、今ここでやろう」

ユウトの申し出にディックは「え？」と言ったが、構わず腕を伸ばして抱きつき、獲物を水中に引きずり込むクロコダイルのように、ディックをバスタブに引っ張り込んだ。大きな身体が水飛沫を立ててユウトの上に落ちてくる。

「反則だ……っ」

Tシャツとハーフパンツ姿のディックが、バスタブの中でびしょ濡れになりながら文句を言う。服を着たまま風呂に入るのは説明するまでもなく間抜けのすることだが、それなのに絶対に無様に見えないのがディックという男だった。

「油断したお前が悪い」

笑いながらディックのTシャツを脱がしにかかる。やれやれという顔つきで素直にホールドアップするディックは最高にキュートだった。たまらなくなって腕からシャツが抜けた瞬間、唇めがけて噛みつくようなキスをした。

痛いほど強く唇を押し当て、熱く柔らかな内側を夢中でまさぐる。ディックは子供の我儘につき合うような鷹揚さで、ユウトの果敢なキスを受け止めている。濡れた髪を撫でる手の動きが優しすぎて、ひどく焦れったい気持ちになった。

同じだけの激しさで仕掛けてこないディックがもどかしい。同時に自分という存在を丸ごと受け止めてもらえているようで震えるほど嬉しい。それらが絡まり合って収拾がつかなくなり、自分でもよくわからない躍動的な感情に支配されていく。

「ディック、ここに座ってくれ」

ユウトがバスタブの縁に触れながら言うと、ディックは言われたとおりにした。濡れたハーフパンツを脱がせ、肌にぴったり張りついたボクサーブリーフにも手をかける。ディックのそこはすでに臨戦態勢だ。興奮しているのが自分だけではないという安堵感が、ユウトをもっと大胆な気分にさせる。

濡れたボクサーブリーフは脱がせにくく、ウエストのゴムに引っかかったディックのたくましいペニスが強く跳ね返り、引き締まった腹を打った。反り返ったものを手で摑み先端にキスをすると、ディックが呻くような息を漏らした。

「たまらないな」

「まだ何もしてないけど？」

「お前の可愛い唇が一瞬触れるだけで、俺はもう天国に行った気分だ」

切なげに目を細めるディックを見上げながら、何度だって天国にいるような心地を味わわせてあげたいと思った。

愛情と欲情に加え、ある種の使命感のようなものに燃えすぎたせいか、いつになく情熱的なブロウジョブになった。舌で丹念に舐め、唇を窄めて上下に扱き、頬の粘膜でも包み込む。ディックの大きなものを深く咥え込むのは難しいが、気持ちよくなってもらいたい一心で行為を続けた。

次第にディックの息が乱れてくる。セクシーな息づかいがたまらない。もっと夢中になってほしい。興奮して我を失ってほしい。そんな気持ちのままにディックを立ち上がらせ、両手を摑んで自分の頭に添えさせた。再び高ぶりを口に咥え、腰を摑んで前後に揺さぶり、この行為の意図を示す。

「ユウト、駄目だ。それはいい」

小さく頭を振って行為を求めると、ややあってディックが折れた。はち切れそうな欲望を抱えているのだから、嫌ではないはずだ。今夜は遠慮も思いやりも捨て去って、欲望のまま自分に溺れてほしかった。

「苦しかったら言ってくれ。すぐやめるから」

ディックの囁きに対して上目遣いと瞬きで返事をすると、口の中のそれがゆっくりと出入りし始めた。ユウトの頭は固定されているので、ディックの腰使いだけで口を犯される。それはふたりにとって初めての行為だった。

　もしかしたらそうされることで、プライドが傷つくかもしれないという不安がかすかにあった。しかし強制ではなく自分で望んだせいかまったくそんなことはなく、むしろ愛する男に従属するような倒錯的喜びがあった。

　徐々にディックが自制心を失い、激しさを伴う力でユウトの口を犯しだすと、苦しいはずなのに、もうやめてほしいと思うのに、不思議と興奮は逆に増していった。マゾヒスティックな資質は持ち合わせていないと思っていたが、自分でも知らない一面があるのを知った。

「ユウト、もう達きそうだ」

　ディックはペニスを抜こうとしたが、最後まで続けてほしくて腰を抱き、それを阻止する。ユウトの望みを知ったディックが困ったような表情で「今夜のお前は変だぞ」と囁き、激しい動きを再開した。

　奥まで突き入れられて喉が苦しい。顎も痛い。なのに続けてほしくて、ディックの性器を受け入れるだけの器官になろうとする。自虐と紙一重の恍惚感に支配されていく。

　ディックはついに低い声を漏らしてフィニッシュを迎えた。金色のアンダーヘアが頬に擦れるほど根もとまで呑み込んだまま、温かな白濁が喉の奥で放たれる。飲み込むと嚥下に合わせて射精したばかりの感じやすいペニスを締めつけてしまい、ディックは呻きながら慌てて自身を引き抜いた。

離れていくペニスと唇の間に白っぽい唾液の糸が伸び、それはだらしなくユウトの口元に垂れて顎まで濡らした。荒く息を弾ませているディックは快感の余韻を味わっているのか、気怠い目でユウトを見下ろしていた。

唐突に死ぬほど恥ずかしくなり、慌てて湯で顔を洗った。淫らな夢をたっぷり楽しみ、ふと目が覚めたら公衆の面前だったみたいな、容赦のない羞恥に襲われて心臓が躍りだす。

「大丈夫か？　苦しかっただろう？」

気遣われてもいっそう恥ずかしくなるだけで、ユウトは「平気」と答えてディックの視線を避けた。ディックはそんなユウトの態度に誤解してしまったらしい。

「痛くしたから怒っているのか？　それとも最後までしたのが嫌だった？」

やめてくれ、と叫びたくなった。どちらも自分が望んだことなのに、そんなふうに言われると裸のまま飛び出し、ディックの目の届かない場所まで逃げたくなる。

「ユウト、謝るから俺を見てくれ。頼む」

両腕を摑まれ、強引に向き合わされたユウトは、思わず「違うんだ」とディックの胸を押しやった。

「ディックに怒ってなんかない。自分が急に恥ずかしくなっただけ。……ああいう行為を求めるのって、変態っぽいっていうか、自分に酔ってるみたいっていうか、マゾっぽいっていうか、とにかくいつもの自分じゃない感じがして、今、猛烈に恥ずかしいんだ」

「なんだ、照れていただけか。安心した」

ディックは本気で安心したように笑い、ユウトを抱き締めた。

「お前が望むならSMプレイだってつき合う。ただし強い痛みは与えたくないから、本格的なのは無理だけどな。柔らかいラヴァーで手足を縛ったりするくらいなら、お前も楽しめるんじゃないか？　目隠しプレイも好きそうだ」

「ちょっと待て。俺をマゾ決定みたいに言うなよ」

「でもさっきの行為はSMプレイの一種だ。それで興奮したのは事実なんだろう？　新しい扉を開けてみるのもいいと思うぞ」

身体を離して、ディックの顔をまじまじと見た。

「それ、本気で言ってる？」

「冗談だよ。今夜のお前はいろいろあっていつもと違ってた。それだけの話だ。あれくらいのプレイで自分を変態だと思ってしまうお前の可愛さに、しつこくからかわずにはいられないほど俺はメロメロだよ」

目が笑っている。何もかもお見通しかよ、と悔しい気持ちが半分、安堵が半分だった。

「なあ、ユウト。真面目な話をするが、責任感の強いお前のことだから、協力者が死んだことで、自分を罰したい気持ちがあったんじゃないのか？　無意識のうちに、自分を苛めるような行為を望んでしまったのかもしれない」

ディックを求める気持ちに、不純なものなど入り込む余地はないと反論したかった。しかしその可能性がまったくないとは言い切れない。人の心は、時には本人ですら正しく把握できないものだ。

「そういうこともあるかもしれない。でもこれだけはわかってほしいんだ。俺はさっきの行為で感じていたのは、お前にもっと求められたい、俺を感じてほしい、喜んでほしいっていう気持ちだけだった」

「もちろんわかってる。俺はただお前に悩んでほしくないだけだ。心の中の問題が無意識のうちに行動に反映されてしまうのは、普通によくある話だと言いたかった」

ユウトが黙っていると、ディックは「まだ何かあるのか？」と顔を近づけてきた。

「……仮に自分を苛めたい気持ちからさっきの行為を望んだとして、でも俺はその、なんていうか、それなりに興奮もしていたわけで、それってやっぱり変態っぽくないか？」

真面目に尋ねたのにディックは小さく笑い、ユウトの鼻を指でつまんだ。

「痛い」

「人は誰でも駄目だ、いけないと思う行為ほど興奮する生き物なんだよ」

「だったらそういうディックはどうなんだ？　してはいけない行為で興奮するとしたら、例えばそれは何？」

ユウトの質問にディックは「うーん」と天井を見上げた。軽い気持ちで聞いたのに、真剣に悩んでいる。

「そうだな。例えばお前のマスターベーションをこっそり覗くとか、レストランのテーブルの下に潜ってお前にいたずらするとか、そういうのは想像するだけで興奮する」

笑うべきなのか怒るべきなのかわからず真顔になった。ユウトの反応が予想外だったのか、ディックは「すまない。取り消す」と慌てて謝った。

「別に取り消さなくてもいいだろう。結構くだらない妄想で安心した。もっとすごいことを言われるんじゃないかって心配してたから」

「もっとすごいことってなんだ？　お前は何を想像したんだ？」

ディックがしつこく知りたがるので閉口したが、くだらない会話のおかげで随分と気持ちが楽になった。ディックがいなければきっとひと晩中、悶々（もんもん）としながら過ごしたことだろう。

今夜はこのまま寝てしまおうと思っていたが、ディックは自分だけいい気持ちになってそれで済ませるような男ではなく、ベッドに入ってから今度はユウトがされることになった。それ自体は別に構わないのだが、ユウトに触れているとディックは必ず興奮する。

高ぶった股間の膨らみが視界に入るたび、ディックがどんどん気の毒になり、「お前がしたいなら俺は構わないけど」とつい言ってしまい、最終的には挿入を伴うセックスになだれ込んでしまった。

仕方なく始めたセックスだったとしても、いざ行為が始まってしまえば、ディックから与えられる快楽には抗えない。気がつけば夢中になってディックのたくましいものを、自分から望んで受け入れていた。

ディックの熱い欲望が自分の中で動いている。浅い場所で優しく動かれると物足りなくて、深い挿入が欲しくなる。なのにディックはわざと奥まで入ってこない。

散々焦らされたあとで、ねちっこい腰遣いに翻弄された。早く達したがるユウトの興奮をディックは巧みに操り、おかげで恥ずかしい声を上げながら、ディックの思惑どおりにとどめを刺されてしまった。

「もう二時だ。早く寝たかったのに」

予定外の夜更かしにユウトが文句を言うと、ディックは「俺はしないつもりだった」と言い訳した。

「お前を口で達かせて寝るはずだったのに、したいって言うから長くなったんだ」

「俺はしたいなんて言ってない。お前がしたいなら、つき合ってもいいって言ったんだ」

「言い方はどうでもいい。お前が誘ったから俺はその気になってお前を抱いた」

ディックの詭弁に少しだけ腹は立ったが、寝る前に喧嘩はしたくない。ユウトは「ああ、そう」と冷たく返し、寝返りを打ってディックに背中を向けた。

「お前の考えはよーくわかった」

少しして、ディックが「怒ったのか?」と後ろから顔を覗き込んできた。笑いたくなるのを我慢しながら、目を閉じたまま「別に」と言ってやる。

「やっぱり怒ってる。なあ、俺が悪かった。謝るよ。お前は早く寝たがっていたのに、俺のせいで遅くなった。全部俺が悪い。許してくれ」

可愛いディック。振り向いてキスしたくなったが、二回戦に突入しては困るので、腕を掴んでいるディックの手に自分の手を重ねた。

「怒ってないよ。……嘘、ちょっとだけ怒ったけど、お前がすぐ謝ってくれたから、もう怒ってない」

安心したように息を吐き、ディックは後ろからユウトを抱き締めた。

「……怒ったといえば、キースの奴がひどいんだ。あいつ、俺のことを調べてた。俺がどういう人間か知るために、うちの前まで来たらしい。それでお前との関係がばれた」

キースと交わした会話の内容を明かして「ひどいだろ?」と同意を求めると、ディックは「徹底した奴だな」と苦笑した。

「もしかしたら、身近な人間に裏切られたことがあるのかもしれないな」

ディックの指摘に驚き、「どうして?」と振り返ってしまった。

「そこまで慎重になるってことは、過去に痛い目を見たからじゃないのか」

疑い深い嫌な奴と思っただけで、そこまでは考えが至らなかった。

「ディックは鋭いな。そういう可能性があることに、まったく気づけなかった」

「俺もキースと似たところがあるからな。心の底から他人を信用できない嫌な性格だ」

冗談のように言うが、本音も混じっているとわかる。

「でも仲間になった相手のことは信じているだろう?」

「悪いが俺はお前ほど人がよくない。何があっても俺を裏切らないと心の底から信用している相手は、この世界でただひとり、お前だけだ」

複雑な気持ちになった。ディックの信頼を得ているのは嬉しいが、他の人間のことは完全には信用していないと告げられると、寂しい気持ちにもなる。

「俺と同じように、ヨシュアやネトのことも信じてるはずだ」

そのふたりの名前を出したのはヨシュアが元同僚で、ネトはシェルガー刑務所時代からつき合いのある男だからだ。

「もちろん友人として信用しているさ。友情も信じてる」

「だったら――」

「だがもし手足を拘束され、こめかみに銃を突きつけられた状態で、俺が死ぬか自分が死ぬか選べと言われたら、自分が助かるほうを選ぶはずだ。もちろん責める気はさらさらないし、そ

れが当然だと思っている」

　力が抜けた。ディックの言う信用とやらの判断基準はあまりにも厳しすぎる。そんな究極の場面で二者択一を迫られることは、長い人生でまずないだろう。

「そんなの俺だってそうするよ」

　軽い口調で言ったが本音は違っていた。自分が死ぬよりディックが死ぬことの方が辛いのだから、その場面に出くわしたら自らの死を選んでしまうのではないか。

「それでいい。いや、必ずそうしてくれ。俺のせいでお前が死ぬようなことがあったら、俺は絶対に生きていけない。きっとすぐにあとを追うからお前の死は無駄になる。だからもしそんなことが起きたら、絶対に自分が生き残る道を選んでくれ」

「でも自分だったらどうするんだ？　俺が死ぬかお前が死ぬかって場面になったら」

「迷わず俺が死ぬ。それ以外の答えはない」

　足の裏で臑を軽く蹴ってやった。

「それってずるくないか？」

　ディックは「仕方ない。俺はそういう人間だ」と開き直った。前からわかっていることだが、ディックはユウトを愛するあまり自分本意なところがある。

「……でも、俺もずるい人間かも。チョンが死んで責任を感じて落ち込んでるけど、利用して危険な目に遭わせたのは自分たちだ。キースに偽善者だって言われたよ」

「お前が偽善者なら世の中の善人はみんな偽善者だ。仕事で誰かを利用したり危険な目に遭わせたりすることも、お前の責任じゃない。俺だって軍人時代、任務で罪のない人たちを殺した。仕方のないことだ。上官に背く兵士がひとりでもいれば、部隊ごと消滅することもある。その仕事を選んでしまった以上、プロに徹して私情は呑み込むしかない。呑み込みきれない思いに心が痛んだとしても、それは決して偽善じゃない」

非合法な任務にも多く従事してきたディックの言葉には、強い説得力がある。

「ありがとう。ディックのおかげでよく眠れそうだ」

「どういたしまして。……囮捜査は続行するのか？」

「モレイラがチョンを殺害したかどうか探りながら、接触を続けるつもりだ」

ディックの腕に力がこもった。しばらくして「気をつけてな」と囁かれた。

「ああ、わかってる」

言いたいことは山ほどあるはずなのに、すべて呑み込んでひと言で我慢してくれたディックに感謝しながら、温かな腕の中で目を閉じた。

7

翌日、ユウトとキースのところに強盗殺人課の刑事、コージー・ギャスがやってきた。

ギャスとは初対面だったが彼はパコのことをよく知っていて、ユウトに対して好意的だった。しかもギャスは麻薬課の協力なしに今回の事件解決は難しいと考えており、会議室での事情聴取が終わったあと、捜査状況を隠さず教えてくれた。

「チョンを撃った弾を調べたところ、過去の殺人事件で使われた弾の線条痕と一致した」

銃身の内部には弾頭を回転させるための溝が刻まれている。弾道を安定させ、有効射程を伸ばすライフリングと呼ばれるものだが、発射された弾丸にはこの溝との摩擦によって線条痕という傷がつく。この傷は銃によって違うので、捜査において指紋のような役割を果たすのだ。

「それはどんな事件だ?」

「犯人はまだ見つかっていないが、被害者はアントニオ・ゴメス。半年ほど前に射殺された売人だ。知ってるか?」

「コカインを卸していた男だろ? LAで手広い販路を持っているという噂(うわさ)だったが、うちでは素性を摑(つか)めないままだった」

ユウトの答えを聞いたギャスは、「死んでも素性はわからなかった」と肩をすくめた。

「ゴメスが持っていたパスポートや免許証は、精巧に偽造されたものだった。ゴメスの事件を担当しているのは、お前の兄貴のチームなんだ。捜査は難航しているようだ」

ゴメスを殺した人物がチョンのことも殺害したのならば、どちらも薬物売買絡みのトラブルという線が濃厚になる。モレイラとゴメスの関係も調べる必要が出てきた。

「いろいろ教えてくれてありがとう。助かったよ」

握手しながらギャスに礼を言った。刑事という生き物は、自分の女房以上に担当する事件を独占したがるものだと思っていたが、ギャスが話のわかる合理主義者で助かった。

「礼には及ばん。パコには世話になってるからな」

まさかパコの根回しがあったのだろうか。もしそうだとしたら感謝すべきだが、職場で過保護を発揮されるのは複雑だ。

ギャスが出ていったあと、ユウトは捜査用の足がつかない携帯電話を使い、モレイラの部下のカミロに電話をかけた。キースは立って腕組みしながらユウトを見ている。

「上手くやれよ。従兄弟を亡くしてショックだが、それはそれっていう態度が大事だ」

「言われなくてもわかってる。気が散るからこっちを見るな」

昨夜、ユウトのことを偽善者と非難したことなど忘れたかのような態度だ。こっちはお前のおかげで落ち込んで散々だったんだぞ、と文句を言いたいが、八つ当たりになるから朝からずっと我慢していた。

カミロが電話に出た。チョンが何者かに殺害されたことを伝えると、さっきニュースでそのことを知ったとカミロは答えた。

「チョンのことは気の毒だったが、うちとの仕事はどうなる？　ボスは今回の取引にすごく乗り気なんだ。今さら手を引くなんて言われたら困る」

「言うわけないだろう。俺は昨日言ったように、早くブツを売り払いたいんだ」

「わかった。今後はこの携帯に連絡する」

「ああ、頼む。ボスによろしく伝えてくれ」

電話を終えたユウトに、キースは「どんな反応だった？」と尋ねた。

「取引の成功を願っている感じだった。カミロの反応だけではなんとも言えないし、チョンを殺したのはモレイラだという線は消せない。パコに電話をかける」

自分の携帯からパコに電話をかけたが、タイミングが悪かった。日帰り出張で今はラスベガスにいるという。夕方にはLAに帰るから、夜にトーニャのバーで会わないかと提案され、承諾した。

「仕事が終わってから会うことになった。パコなら差し障りのない範囲で、ゴメスの事件について教えてくれると思う」

キースは組んでいた腕を解き、「俺も会う」と言い出した。

「なんで？　パコから聞いた話は全部お前に伝えるのに」

「俺も直接話を聞いたほうが早いだろ。あんたが嫌ならやめておく」

「別に嫌じゃないけど。……わかった、お前も一緒に来いよ」

あまり気は進まなかったが前向きな態度に水を差すのも気が引け、渋々、同行を認めた。


仕事を終えて電話をかけるとパコはもう店に着いていて、ネトも来ていると教えてくれた。

「新しい相棒を連れてくるんだろ？　会えるのが楽しみだ」

「そうだけど、話したっけ？」

「聞いたよ。早く来いよ。待ってるから」

パコには話していないはずなのにな、と首を捻りたくなった。それにやけに楽しそうな声だった。もう酔っているのだろうか。仕事の話がしたいと言っておいたのに、できあがっているなら早すぎる。

一抹の不安を抱えながらキースを自分の車に乗せて、トーニャが店長をしているメキシカンバーへと向かった。

ディックには昼休みに電話をかけ、今日は遅くなると伝えた。パコに会うだけでなく、キースもトーニャの店に連れていくことになったと教えたら、「へえ、よかったじゃないか」と好意的な反応が返ってきた。

ふと思った。もしかしたらディックは、キースのような不器用だったり孤立しがちなタイプに、特別な理解があるのかもしれない。ヨシュアのことも最初から可愛がっていたようだし、あながち的外れな見方ではないだろう。

なんとなくだが、ディックにキースを会わせたくないと思った。男の恋人がいるとばれているのだから、デニーのときとは違い、ディックにキースを紹介してもなんら問題はない。けれどそれとは別の問題がある。

ディックがヨシュアを気に入ったように、キースまで気に入って可愛がってしまったら、絶対に嫌な気持ちが芽生えそうな気がするのだ。ヨシュアのときもそうだった。嫉妬というほど明快な感情ではないにしても、ふたりの関係にもやもやしたものを感じた。ディックは誰のことも信用していないと口では言うけれど、実際は情の深い男だ。人の好みにうるさい分、一度懐に入れた相手に対しては甘くなる。

ユウトに対して生意気なキースが、もしディックに素直な態度を取りでもしたら、そしてそんなキースをディックが可愛がりでもしたら、もやもやでは済まないネガティブな感情に襲われるのは目に見えている。狭量すぎて自分でも嫌になるが、予防措置としてディックとキースは会わせたくないのだ。

トーニャの店の前のパーキングに、パコの車が駐まっていた。店内はほどよく混んでいて、騒がしすぎず静かすぎずでちょうどいい雰囲気だった。

「ハイ、ユウト。いらっしゃい」

カウンターの中からトーニャが笑顔を向けてきた。今日のトーニャは長い髪を高い位置でキュッとまとめていて、凜々しい雰囲気だ。エレガントな髪型とはまた違った美しさがある。

「やあ、トーニャ。こっちは相棒のキースだ」

「パコから聞いて待ってた。キース、いらっしゃい。私はトーニャよ。会えて嬉しいわ。ゆっくりしていってちょうだいね」

「ありがとう。ところで恋人はいる？」

いきなり何を言い出すんだと驚いた。いくらトーニャが美人でも、初対面でその質問はない。トーニャはまったく動じず、にこやかな表情で「いるわ」と答えた。

「とっても素敵な人よ。ちなみにその人はユウトのお兄さん」

「ああ、そうなんだ。残念」

肩をすくめたキースの尻を蹴飛ばしてやりたくなった。トーニャに軽めのメキシコのビール、パシフィコを二本頼み、キースの腕を掴んで引っ張るように歩きだす。

「お前、呆れるほど手が早いな」

「別に口説いたわけじゃない。恋人がいるかどうか確認しただけだ。そのほうが効率がいい」

知れば知るほどむかつく奴だ。パコが奥の壁際のテーブルで手を振っているのが見えた。隣にはネトが座っている。その前にも誰かが座っていた。

第三の男の後ろ姿を見て、ユウトの足は止まった。

「ディック……？」

ユウトの声に振り向いたのは、やはりディックだった。一度帰宅してから来たのか、Tシャツとジーンズといったラフな格好をしている。

「楽しそうだから俺も混ぜてもらうことにした。構わないだろう？」

構わないが構う。内心の狼狽を隠して「来るなら教えてくれればよかったのに」と笑いかけ、ディックの隣に腰を下ろした。ディックとキースを会わせたくないと思った矢先にこの展開だ。心臓に悪すぎる。

「お前はこっちだ、キース・ブルーム」

パコが自分の隣を示した。キースは「どうも」と言って椅子に座った。

「あんたの彼女はすごい美人だ」

「だろう？　でも性格のほうがもっと美人だ。こっちの悪そうな男はトーニャの兄貴だ」

紹介されたネトはパコ越しに腕を伸ばし、「ネトだ」と名乗ってキースに握手を求めた。嫌がるのではないかと思ったが、キースは素直にネトの手を握った。

「それからこっちはリチャード・エヴァーソン。俺たちはディックと呼んでる。ユウトの、その同居人だ」

「いいんだ、パコ。キースにはもうばれちゃってるから」

パコが意外そうに目を開き、「そうなのか？」とユウトとキースの顔を見比べた。ばれた理由までは言えなかった。内偵されたなんて話したら、パコは怒るに決まっている。

「キースは俺のことを知っているらしいが、俺は初めて会う。お前の噂はユウトから聞いてる。かなり手こずらせているようだな。ユウトをあまり困らせないでくれ」

「そこそこ仲良くやってるつもりだけど」

そこにトーニャがビールを持ってきてくれた。

「ユウトたち、お腹は空いてない？　タコスやチキンなんか適当に持ってきましょうか？」

「助かるよ。俺もキースも腹ぺこなんだ」

パコたちは腹ごしらえが済んでいるらしく、ナチョスをつまみながら酒を飲んでいる。ネトの前には空になったビールのグラスがあり、パコはテキーラ、ディックもテキーラだった。パコはトーニャと帰るとして、ディックはどうするのだろう。ユウトの車に乗せて帰るのはいいが、自分の車が置きっぱなしになる。

「店の前にディックの車はなかったけど、裏のパーキングに駐めたのか？」

「いや、ネトが迎えにきてくれた。ユウトの相棒に会えるチャンスだから、お前も来いって誘われたんだ」

「え？　これって相棒お披露目会だと思ってる？　俺は仕事の話でパコに会いに来たんだ」

　パコは「まあまあ」とユウトをなだめ、ナチョスを口に放り込んだ。

「仕事の話もあとでするからいいじゃないか。で、キース。恋人はいるのか？」

「今はいない」

「どういう女がタイプなんだ？」

　キースはカウンターのほうをちらっと見た。

「トーニャみたいな頭がよさそうなのに、気取っていない気さくな美人が好きだ」

　パコはハンサムな笑みを浮かべ、「気持ちは痛いほどわかる」と頷いた。

「でもよく覚えておけよ。トーニャに手を出したら、お前は市警本部にはいられなくなる」

「それって冗談？　それとも脅しなのか？」

「必然の流れを説明したまでだ。話題を変えよう。生まれはどこだ？」

「ロングビーチ」

「家族はいるのか？」

「いない」

　ディックが「いない？　誰も？」と尋ねた。

「正確に言えばいるかもしれない。子供の頃に両親が離婚して、母親は家を出て行った。それきり一度も会ってないから、今はどうしているのかわからない。親父は十五のときに死んで、その後はＬＡに住む酒飲みの叔母に育てられた。クソみたいな女だったけど恩義は感じていたから、警察官になったら少しは恩返ししてやろうと思っていたのに、俺の制服姿を見た三日後に睡眠薬の飲みすぎで死んじまった」

気の毒な生い立ちに同情したいと思ったが、猛烈に湧き上がった苛立ちに邪魔され、とてもではないが優しい気持ちに浸れそうになかった。

まったく意味がわからない。そういうプライベートな話を相棒にはいっさいしなかったのに、初対面の三人にはぺらぺら話すなんておかしすぎる。ユウトにすれば人をこけにするのも大概にしろという気分だ。

「あんたの大事な弟に相応しい相棒かどうか、俺はジャッジされてるのか？」

「まあ、そういうことだ。俺の世界一大事な弟を任せられる男かどうか知りたい。ちなみに、ここにいる全員が同じ気持ちだ」

やめてくれと言おうとしたら、それより早くキースが「なんだよそれ」と言った。

「いい年した弟に対して過保護すぎる。気持ち悪い兄弟だ」

その意見にはユウトも同感だ。十代の女の子が初めて彼氏を連れてきた食事会みたいなのは、絶対に勘弁してほしい。

「俺だけじゃないぞ。過保護な兄貴と過保護な友人と過保護な恋人でお前を審査するんだ」

「パコ、ふざけすぎよ。キースが引いてるじゃない。ユウトだって困るわよね」

話が聞こえていたらしく、トーニャは苦笑しながら運んできたタコスの皿をテーブルに置いた。トーニャが救いの女神に見える。

「そうだよ。冗談でもそういうのはやめてくれ」

「半分本気だがトーニャとユウトに嫌われたら困る。おふざけはこのへんでやめておこう。さあ、食え。トーニャのタコスは絶品だぞ」

やれやれ、と思いながらタコスに手を伸ばす。ふと何気なくディックを見ると、やけに熱心な目でキースを見ていた。キースもディックの視線に気づいたのか、「何?」と眉をひそめた。

「俺に言いたいことでもあるのか?」

「いや。ユウトがまあまあ男前みたいなことを言ってたが、実物はまあまあなんてものじゃないなと感心していたんだ。相当もてるだろう?」

「ハッ。あんたみたいな完璧(かんぺき)なハンサムに言われると馬鹿にされてる気分になる。っていうか、レニックスの周りにはハンサムしかいないのか?」

ネトは秘密話をするみたいに、「驚くなよ」と声をひそめた。

「ユウトの周りには、ハイレベルなハンサムがあと四人もいるんだ。ユウトはハンサムを引き寄せる磁石でも持っているのかもしれん」

「なんか引っかかるな、ネト。その言い方だと、俺自身はハンサムのひとりに入ってないみたいじゃないか」

「そんなことはない。お前はすごくハンサムだ。俺が保証する」

「笑いながら言われても信憑性がないよ」

「ところでキース。どうしてユウトのことを名前で呼ばないんだ？」

パコの質問に対し、キースは「まだ早いから」と答えた。

「俺はレニックスのことをよく知らない。本当の意味で相棒だと思えるようになったら、名前で呼ぶつもりだ」

乾いた笑いが漏れそうになった。たかが名前を呼ぶかどうかでご大層なことだ。ここにロブがいたら「君って人間関係においては慎重なタイプなんだね。そういう人間は往々にして、見た目とは違って臆病なことが多いんだよ」とか言いそうだ。

「さて、そろそろ仕事の話をしようか」

パコが切り出した。隣の席は空いている。会話が聞かれる心配はないだろう。

「アントニオ・ゴメスの殺害事件について知りたいんだろう？ ギャスから聞いたが、ゴメスを撃った銃がまた使われたそうだな」

「ああ。俺とキースは囮捜査で売人に成りすまし、モレイラという男に架空のコカイン売買を持ちかけた。向こうが食いついてきて取引をすることになったけど、仲介役として協力してくれたコリアンマフィアのチョンが自宅で撃たれて死んだ。チョンを撃った銃は、ゴメス殺害に使用された銃と同じだった。それでゴメスの事件を担当しているパコの話を聞きたかった」

ネトとディックにもわかるように事情を説明した。

「ゴメスの事件は厄介だ。まずゴメス本人に謎が多すぎる。奴はどうも大物売人だったジム・フェイバーという男の、後釜的存在だったようだ」

――ジム・フェイバー。

思わぬ人物の登場に心臓がドクッと高鳴った。反射的にディックの顔を見そうになったが、どうにか我慢した。

「フェイバーはコロンビア産のコカインを手広くLAに卸していたが、三年前に何者かに射殺された。犯人はまだ見つかっていない」

知っている。フェイバーを殺したのは、ここにいるディックだ。ディックは脱獄したあと、ネトを訪ねてフェイバーの居場所を教えてもらうと、すぐさまコルブスの仲間である大物売人を殺害した。一流の軍人は一流の殺し屋でもある。ディックは警察に尻尾を摑ませるようなへまはしていないだろうから、迷宮入りになるだろう。

「ゴメスはフェイバーが死んだあと、奴の販路を引き継いだという噂がある。部下だったのかもしれないが、ゴメスは相当慎重な人物だったようで、ふたりの接点や関係性はよくわかっていない」

「IDもパスポートも偽造だったらしいけど、ゴメスは前科もなかったのか？」

「ああ。指紋もヒットしなかった。外国人なのかもしれないな」

沈黙を破ってネトが口を開いた。

「昔の知り合いに聞いた話だが、ゴメスが死んでからLAの都市部でコカイン供給が減って、末端価格が急騰しているらしい。先月、DEAが海上で大量のコカインを押収しただろう？　あれもLAに入ってくるはずのもので、今はもっと値上がりしているそうだ」

ネトを見るキースの目が険しくなった。

「あんたはギャングか？」

「昔の話だ。今は足を洗ってまっとうに生きてる」

「キース。モレイラと会ったときに名前が出たエルネスト・リベラって、ネトのことなんだ」

ユウトの説明を聞いたキースはパコの顔を見た。

「刑事なのに、ロコ・エルマノの元ボスの妹とつき合ってるのか？」

「俺が知り合ったとき、ネトはもう堅気だったから関係ない」

パコは肩をすくめてテキーラを飲み干した。

「それから一応言っておくが、戸籍上でいうとトーニャはパコの弟だ。けど俺は彼女を女性だと思っているから、ひと言でも差別的なことを言えば絶対に許さない」

「え……」

キースはカウンターにいるトーニャを見て、パコを見て、またトーニャを見た。

「話を戻すけど、ゴメスを殺したのはモレイラという可能性はないだろうか？　モレイラはLAでのコカインマーケットを牛耳ろうとしている危険な男なんだ」

「邪魔者を次々殺害して、コカイン売買の独占を目論んだってことか？　うーん、どうかな。それなら自分の力を誇示するために、もっと派手な殺し方をするんじゃないか？　ゴメスはひとけのない高架下に駐めた車の運転席で、眉間を撃ち抜かれて死んでいたんだ。窓は半分開いていた。誰かと話すために窓を下ろしたら、突然撃たれたって感じに見えたがな」

長年、殺人事件に携わってきたパコの意見はもっともだが、モレイラは利口な男だ。

「モレイラはギャングじゃないから、派手な殺害は好まないのかもしれない」

「なるほど。実は黒人ギャングの恨みを買って殺害されたという線もあるんだが、そっちもマシンガンで蜂の巣にするくらいはやりそうな連中だから、俺は違うと考えていた。モレイラの仕業か個人的トラブルか、そのどちらかかもしれないな」

ゴメスを殺した人物とチョンを殺したのは、やはり同一人物だろうとユウトは考えた。モレイラが犯人だと仮定して考えれば、チョンを殺した理由はひとつしかない。警察に協力して自分たちをはめようとしたことへの報復だ。

しかしそれだとチョンの捜査協力情報が漏れたことになる。一体どこから漏れた？　モレイラに囮捜査だとばれているなら、取引を続行するのは危険だ。だが、まだその見方は推測の域を出ない。

「ジム・フェイバーを殺した犯人と、ゴメスとチョンの殺害犯は同一人物じゃないのか？　もしそうだとしたら、そいつはプロの殺し屋だな」

何も知らないキースが的外れなことを言い出した。殺し屋扱いされた当のディックは、何食わぬ顔で話を聞いている。

ふと視線を感じてネトを見ると、共犯者めいた眼差しがそこにあった。伝えようとしていることは、瞬時に理解できた。

わかっている。ディックがフェイバーを殺したことは、自分たちだけの秘密だ。

まさか今回の事件が間接的とはいえ、ジム・フェイバー殺害事件に繋がることになるとは思いもしなかった。

墓場の上でうっかり踊ってしまい、亡霊を呼び覚ました気分だ。


シャワーを浴びてリビングに戻ると、ディックはソファーに座って携帯で文字を打っていた。どことなく険しい表情に見えて心配になった。

「何かあった？」

「いや、大丈夫。また例の新入りからの相談ごとだ。さすがに面倒になってきた」

「ああ、アトキンスだっけ？　今度はどんなへまをしたんだ？」

「クライアントの彼氏を危険人物と間違えて地面に押し倒した。事前に写真を見ていたのに、まったく早とちりが過ぎる」

ディックは苦笑しながら携帯をテーブルに置いた。ユウトは遊んでほしくて足にまとわりついてくるユウティの頭を撫でながら、「聞いてもいいかな」と切り出した。

「ああ。なんだ?」

「ジム・フェイバーを殺したのはなぜなんだ」

ユウトの態度から何を聞かれるのか察していたのか、ディックは表情を変えなかった。

「やっぱり知っていたのか。誰に聞いた?」

「出所後、お前がフェイバーを捜していたとネットから聞いて、きっとそうなんだろうと思っていた。確信したのはコルブスに拉致されて、コロンビアの軍事キャンプに監禁されていたときだ。コルブスがお前の仕業だと言った」

ディックは上体を倒して前屈みになり、膝に両肘をついた。ユウトは隣に腰を下ろし、その横顔を見つめた。

「フェイバーは組織で一番金を稼いでいた。あの男から莫大な金がコルブスの懐に流れ込んでいたんだ。俺はコルブスのもっとも痛手になることをしてやりたかった」

組織一の稼ぎ頭をディックが殺害したのは、コルブスの資金源を叩く意味もあっただろうが、それだけではない気がした。

「コルブスはフェイバー殺害を、お前からのメッセージだと言っていた」

「そうか。じゃあ、ちゃんと伝わっていたんだな」

皮肉な笑みを浮かべ、ディックはソファーの背もたれに身体を預けた。やはり、いずれお前もこうなるという宣戦布告の意味があったのだ。

「お前には謝っておく。今日はすまなかったな。まさかフェイバーの名前があそこで出てくるとは思わなかった」

「いいんだ。俺も予想外だったし」

「結果的にお前に辛い思いをさせてしまった。本当にすまない」

どう答えればいいのかわからず、口を閉じたまま頭を振った。自分に対してこんなにも優しく誠実な男なのに、フェイバー殺害については後悔していない。あれは復讐の一環として必要なことだったと判断して、ディックの中では心の整理がついているのだろう。

「俺のしたことは、お前にとって許せない犯罪なのはわかってる」

そんなことはないと言いたいが、また何も言えなかった。けれど何か言わなくては。黙っているのが一番卑怯だ。

「……俺の本心を言うよ。お前のしたことは間違ってる。どういう理由であれ、個人的理由から人の命を奪うことは許されないと俺は思っている。だけど俺はお前を責めない。あの頃のお前はああするしかなかった。理解している俺もきっと同罪だ」

ディックの過ちを知りながら、そのことには触れないで一緒に暮らしてきた。そんな自分に今さらディックを責める資格はない。

「ユウト、それは違う。罪を犯した人間とそれを知って黙っていただけの人間が、同罪のはずがない。罪人は俺だけでいい」

ディックの腕に抱き寄せられる。痛いほどの抱擁を受けながら、言葉にならない想いが渦巻いて胸が苦しくなり、広い肩に頭を乗せた。

同罪でいいんだよ、と心の中で語りかけた。そのほうがずっと気持ちは楽になる。

私的な理由での殺人は犯罪だから、この社会では罰せられるべき行為だ。しかしディックは軍人時代、多くの人命を奪ってきた。時には非合法な任務で罪のない人たちまで殺したと言っていたが、それらが罪に問われることはない。軍人として任務をまっとうしたに過ぎない。

この世には許される殺人と許されない殺人がある。線を引くのは誰なのか。なんなのか。

ディックが人命を軽んじる男でないのはよく知っている。ただ目的があれば心を無にして人を殺せる。そういう訓練を積んできたからだ。フェイバー殺しは、あの頃のディックには必要なことだった。そしてユウトはその罪に目をつぶり、そばにいることを選んだ。今さら考えても仕方のないことだ。

しかし頭でそう思っていても、警察官としての倫理観がユウトを複雑な気持ちにさせる。ディックの胸の中で、やっぱり自分は偽善的な人間なのだと自己嫌悪にまみれながら、そっと吐息を漏らした。

「ごめん。自分から聞いておいてなんだけど、この話はもうやめよう。忘れるしかないよな」

「お前は忘れたほうがいい。お前のような真面目な人間に、俺の罪まで背負わせたくない。でも俺は自分の犯した罪だから、死ぬまで胸に抱えて生きていくつもりだ」

　その言葉にはっとした。ディックはきっとすべての罪を、胸の奥深くに抱えて生きている。何ひとつとして忘れることができない人間なのだ。

「……だが正義だと信じて行ったことが、正義じゃなかったとわかったときは、どうすればいいんだろうな。俺は甘んじて罰を受けるしかないのか」

　問いかけの意図が汲み取れず、ユウトは顔を上げた。ディックはユウトを抱く腕に力を込め、何もない場所を見ていた。

　その眼差しがあまりに孤高の影を帯びていて、無性に怖くなった。どうしてだかディックが遠ざかっていくような、自分の手の届かないどこかに行ってしまうような怖さに襲われたのだ。

「ディックも忘れるべきだ。終わったことはどうしようもない。誰にも過去は変えられない。俺たちは今を生きてる。今のことだけを考えて生きていこう。な?」

　両手でディックの頰を挟み、強引に自分のほうを向かせた。ディックの青い瞳に自分が映っているだけで、得体の知れない不安が安らぐのを感じた。

　ディックは張り詰めていたものを手放したように、ふっと笑った。

「そうだな。じゃあ、今に相応しい話題を振ってみるが、お前の新しい相棒は想像した以上にいい男だった」

一気に空気が変わった。安堵のあまり、ユウトの顔にも笑いが浮かんだ。

「キースのことなんてどうでもいいじゃないか」

「よくないだろう。大事な話だ。ちょっと悪そうな雰囲気とアウトローな性格は、同じ男ながらなかなかイケてると思った。お前も本音ではそう感じているんだろ？」

ディックの口からキースを褒める言葉が飛び出し、思わず心の中で「ディック、やめてくれよ、そういうのは一番聞きたくないのに！」と叫んだ。

「まったく思わない。あいつは永遠の不良を気取ってるただのガキだ。あいつが大人になるまで面倒を見るのはご免だ」

「お前がそこまで怒るのは珍しい」

「そりゃそうだよ。あいつは本当にむかつく奴なんだから」

ディックは「熱くなりすぎだな」と、ユウトの唇に人差し指を押し当てた。

「確かに生意気な奴だが芯は強そうだ。それに性根も据わっている。気長に見守っていれば、いずれはお前を信用していい相棒になる。先輩として優しくしてやれ」

不可解というより不愉快だった。なぜディックはキースの肩を持つのだろう。歩み寄るべきなのは自分ではなく、どう考えてもキースのほうなのに。

「……なあ。こういうこと言いたくないんだけど、聞かないとずっと気にしそうだから思い切って聞くな。もしかしてディックって、キースみたいなのがタイプなのか？」

「は？　なんの話だ？」

「だって最初から好意的だったし、会ったらもっと好意的になった。俺がどれだけあいつに困らされているのか知ってるくせに、どうして俺のほうが悪いみたいな言い方をするんだ？　全然納得がいかない」

　ユウトの強い視線を、ディックは無言で受け止めている。言い返さないのは図星だからなのかと思いかけたそのとき、ディックが「ひどい誤解だ」と呟いた。

「俺がキースに気がある？　そんなことを本気で言ってるのか？　あいつに対して好意的な発言があったとしたら、それはすべてお前のためを思って言ったことだ」

「俺のため？　どういう意味？」

「お前の愚痴に同意しすぎたら、キースへの悪感情を助長するかもしれないと思ったんだ。苦手な相手でも相棒になった以上、上手くつき合っていくしかない。ますます嫌いになれば仕事そのものが苦痛になってくる。そうなったらお前が可哀想だから、前向きになってほしくてキースを褒めるような発言をしたんだ。正直な気持ちを言えば、お前の気持ちを煩わせているキースにむかついてるさ。それに嫉妬もしている」

「嫉妬？」

「そうだ。今夜キースの顔を見て、俺の嫉妬心は限りなく大きく膨らんだ。今にも破裂しそうな風船みたいにな。あの場で暴言を吐かなかったことを、お前に褒めてもらいたいくらいだ」

突然の告白にユウトは驚き、「嘘だろ」と言ってしまった。終始落ち着いた態度でキースと喋っていたのに、内心では嫉妬心を滾らせていたなんて信じられない。

「嘘なもんか。お前と組める幸運に感謝すべきなのに、あの野郎、『本当の意味で相棒だと思えるようになったら、名前で呼ぶつもりだ』なんて言いやがって、何様のつもりなんだ。あんな失礼な男に名前を呼ばせることはないぞ。お前もキースと呼ぶのをやめてやれ」

堰を切ったように、ディックの口からキースへの不満が噴出した。そんなに腹を立てていたなんてまったく気づけず、ユウトはすっかり騙された気分だ。

そうだった。ディックはポーカーフェイスの達人だった。絶対に殺すと決めていた相手と親密になり、親友のふりを続けてあのコルブスを騙しきったほどだから、ディックはその気になればいくらでも演技ができるのだ。

「あいつはお前にわざと冷たくしているんだ。理由は明白だ。お前の気を引きたいからだ。お前を困らせるのもそのせいだ。自分のことばかり考えるように仕向けている」

「え、あのディック……?」

「トーニャに気があるふりをしたのも、お前に嫉妬してほしかったからだ。絶対にそうに決まってる」

いや、それはない。というか、キースが何をしたところで、嫉妬なんてするわけがない。

「ディック、言ってることが変だぞ。キースはゲイじゃないんだ。俺のことを嫌いこそすれ、そういう好意なんて持つはずがないだろ」

「わかってない。お前は自分のことが本当にわかってない。お前にはその気のない男でもその気にさせてしまう、やばい魅力があるんだ。だから俺はいつも心配なんだ」

両肩を強く摑まれて力説されても、ゲイじゃない男に言い寄られた経験など皆無のユウトにしてみれば、「それはお前の妄想が過ぎるだけでは？」と言いたくなる。もしかしたらディックの目には、ユウトがありとあらゆる男を虜にする魔性の美少年にでも見えているのだろうか。もしそうだとしたら今すぐ眼科に行くべきだ。

「話が脱線したな。俺が言いたいのは、俺がキースに気があるだなんて、とんでもない誤解だってことだ。さっきキースを気長に見守ってやれと言ったが、あれは撤回する。上司にこいつと組むのは無理だと訴えろ。一刻も早くコンビを解消すべきだ。そのほうが俺も安心だし、お前もストレスが減る。あの生意気なクソガキが当然のような顔して、毎日お前の隣にいるんだと思うと、腹が立って腹が立って拳で壁の穴をぶち抜きたくなる」

どうやらそれがディックの本音らしい。ディックが壁に向かってパンチを繰り出し、家を穴だらけにする場面を想像したら、笑いが込み上げてきた。

まったく俺の恋人は面白い男だ。嫉妬を丸出しにしてはいけないと自制し、理解ある恋人であろうと努力したのだろう。それなのに憎き恋敵に気があると疑われたのだから、ディックにすればたまったものではない。

申し訳ないと思う気持ちもあるが、最後まで格好をつけられなかったディックが可笑しいやら可愛いやらで、ユウトはたまらなくなって首に両腕を回した。それでも収まらずディックの髪をくしゃくしゃに乱し、耳の穴に鼻先を突っ込んでキスをする。

「お前の努力を台無しにしてごめん」

「え……？　ああ、そうか。俺の嫉妬深い本性が明らかになっただけか。まいったな」

ぼやく情けない表情まで愛おしい。自分で乱したディックの髪を手櫛で整えながら、俺は本当にディックが大好きなんだな、としみじみ実感した。

胸に溢れるディックへの愛を、最近たまにモンスターみたいだと感じる。ユウトの胸に住み着いたそのモンスターは、不意に暴れだしたり暴走したりする。押さえつけようとしても、自分の手に負えないこともあって困ってしまう。

でもきっとそれはディックも同じなのだろう。ディックの胸にも愛情モンスターが住んでいて、ユウトのこととなると急に暴れだし、理性や自制心を蹴散らしてしてしまうのだ。

「ふたり揃ってキースに嫉妬するなんて可笑しいよな。ディックの嫉妬はともかくとして、俺の嫉妬なんて言いがかりみたいな根拠だし」

「そのとおりだ。見当外れもいいところだ。でも実際問題、あいつと馬が合わないなら、上司に相談するべきだと思うがな」

ユウトは自分の心に今一度、どうしたいのかを問いかけてみた。腹が立つし難しい相手だが、まだ始まったばかりの関係だ。諦めるのも無理に答えを出すのも早すぎる。

「キースの言った言葉じゃないけど、まだ早い。努力して駄目だったらそうするかもしれないけど、キースのことを俺はよくわかってない。判断するのは最低でも半年はかかる」

「そうか。それなら俺もくだらない嫉妬は引っ込めておくよ。頑張ろうとしているお前の前向きな気持ちを削ぎたくはないからな」

　つむじにキスされ、肩を優しく抱かれた。なぜだか突然、幼い頃、父親にそうされたことを思い出し、嬉しいような、それでいて悲しいような不思議な気持ちになった。あまりスキンシップをしてくれる父ではなかったので、そうされると嬉しかったことはよく覚えている。

　思えば死んだ父親も不器用な人だった。家族を何より愛していたのに、その気持ちを表立って表そうとしなかった。大人になった今だから、父の本当の姿が見えてくる。

「前にキースはお前に似てるって言ったけど、今はむしろ昔の俺に似てるって感じるんだ」

「お前とキースが似てるだって？　お前はあいつみたいな礼儀知らずじゃないだろ」

「でも嫌いな相手に対しては、にこりともしない嫌な奴だった。DEA時代は周囲と上手くいかなくて孤立していたんだ。それでもなんとかやっていけたのは、相棒のポールのおかげだ。彼がいたから一人前になれた。だから俺もポールのように、相棒としてキースを支えてやれる人間になりたい。腹が立つこともたくさんあるだろうけど、自分の成長のためにも頑張ってみようと思う。また愚痴はこぼすだろうけど、ディックには見守っていてほしい。これって勝手な頼みかな？」

上目遣いにディックの顔を窺うと、「ずるい奴だ」と耳朶を引っ張られた。

「そんなふうに可愛くお願いされて、俺が嫌だって言えると思うのか？　わかったよ。あいつへの嫉妬心はできるだけ表には出さないようにする。まあ、あんまり自信はないけどな。もし俺のくだらない焼き餅が出たときは、いつも以上にとびきり可愛くキスしてくれ。そしたらきっと機嫌なんてすぐ直る」

「前から思ってたんだけど、ディックって俺のこと好きすぎるよな」

ユウトが笑いを含んだ声で言うと、ディックはとびきり蠱惑的な表情を浮かべながら、「自分でも呆れるほどだ」と囁いた。

「お前と出会ってからずっと〈ユウトが好きすぎる病〉に罹患したままだ」

「もしもいい薬があったとして、それを飲みたいと思う？」

「いいや、思わない。一生、完治しなくていい」

最高かつ完璧な答えを聞いて、ユウトはにっこり微笑んだ。

8

「やあ、ユウト」

市警本部の駐車場でダグに声をかけられた。ユウトはタレコミがあった売人の内偵捜査に、キースとふたりで向かうところだった。

「やあ、ダグ。この前はありがとう。調子はどう？」

「すごくいいよ。何しろ今から帰るところだから」

車のキーを顔の高さまで持ち上げたダグが、とびきりにこやかな表情で言う。

「もう帰れるのか。羨(うらや)ましい限りだよ」

「このところ残業続きだったから、パコに強制帰宅を命じられたんだ。おかげで久しぶりに俺の手料理を恋人に振る舞えそうだよ」

「どうりで嬉しそうな顔をしてると思った」

ユウトの軽口にダグは「そうかな？」と照れ笑いを浮かべた。足取りも軽く帰っていくダグの背中を羨ましい気分で見送っていると、キースが口を開いた。

「あいつもあれか」

「あれって？」

「あんたの親衛隊のひとり」

「おい、その言い方はやめろって言っただろう」

あの夜からキースがパコたちのことを、ユウトの親衛隊呼ばわりするので閉口していた。

「ダグはパコの部下だよ。俺の友人でもあるけど」

「ついでにゲイ仲間だろ」

周囲に人はいないがギョッとした。不用意な言葉を投げつけたキースを、ユウトは反射的ににらみつけた。

「誰もいないんだから別にいいだろ」

「そういう問題じゃない。俺のことは馬鹿にしてもからかってもいいが、俺の友人は巻き込むな。職場でカムアウトするかどうかを決めていいのは本人だけだ。アウティングは人として恥ずべき行為だぞ」

キースはやれやれというような態度で、これ見よがしに息を吐いた。

「過剰に反応しすぎだろ。今時、ゲイなのを隠して生きるほうが不自然だ」

話しているうちに車の前まで来た。ユウトは助手席に乗り込んでから言い返した。

「波風を立てず平穏に生活したい。そういうささやかな願いを持つ人間の気持ちを理解できないお前は、救いようがないほど無神経だな」

ユウトの歯に衣着せぬ言い返しにも慣れたのか、キースは「よく言われる」と悪びれる様子もなく肩をすくめ、車のエンジンをかけた。

「あんたの言うとおり俺は無神経だけど、それには理由がある」

車が走りだしてしばらくしてから、キースが不意に言い出した。

「へー。理由があって無神経を貫いているのか。大したもんだ」

「真面目な話だ。人の気持ちを思いやってばかりいたら、いろんなものに雁字搦めになって身動きが取れなくなる。そういうのが嫌なんだよ」

「本当は他人の気持ちがわかるし思いやれるけど、あえてそうしない主義だって言いたいのか？　俺に言わせれば、そんなものはただの自己中の傲慢だ」

キースが「苛々しすぎだな」と眉をひそめた。

「モレイラの件で鬱憤が溜まっているのはわかるが、俺に当たらないでくれ」

「八つ当たりなんかしてない。単にお前にむかついているだけだ」

反射的にそう言い返してしまったが、キースの言葉にも一理はあるかもしれないと思えてきた。チョンが殺害されて三日が過ぎているのに、囮捜査を続行できるかどうかまだわからない。

チョンの死が今回の囮捜査に関係していれば、保護責任を果たせなかった警察の大失態と判断される状況だけに、上層部は慎重になっている。いっこうに上から決定の声が降りてこず、ユウトの苛立ちは増す一方だった。

「……すまない。確かに八つ当たりだったかもしれない」

　ユウトが謝罪するとキースはをなぜか鼻で笑った。

「その笑いはなんだ？」

「別に。そういえば、昨日あんたの兄貴から電話があったぞ。その後、うちの弟とは仲良くしているのかって聞かれた。兄馬鹿にもほどがある」

　その意見にはユウトも全面的に同意する。ディックを紹介した際もパコは兄馬鹿ぶりを発揮したが、あのときはプライベートな問題だから我慢できた。職場の人間関係にまで口出しされるのは困る。

「最後にまたみんなで飲もうって誘われた」

「へえ。パコに気に入られたみたいだな」

「悪いが行く気はない。仲良しクラブは苦手だ」

　嫌みではなく本心からの言葉に思えた。キースが他人との密接なつき合いを嫌う理由はわからないが、その気持ちは理解できた。ユウトも昔はそうだった。一対一の関係はまだいいが、大勢で楽しむ場は居心地が悪くていつも避けていた。

　連鎖的に先日のビーチでの集まりを思い出した。最初から最後まで楽しかった時間を振り返りつつ、自分が変わったのは年を重ねたせいだろうかと考えたが、すぐにそれだけではないと気づいた。

それぞれが素晴らしい人物で、ユウトは彼らを大好きだ。彼らもユウトを好いていてくれるから、一緒にいてリラックスできるし幸せな気分にもなれる。表向きの気遣いや無理に浮かべた笑顔から、本物の友情は決して生まれない。

「パコは気に入った相手にはしつこくなる傾向があるから、また誘ってくるかもしれないな。嫌なら遠慮なく断ればいいさ。好きでもない相手と無理してつき合う必要はない」

「へえ。偽善者らしからぬ言葉だな」

キースの嫌みに反論すべきかどうか迷ったが、自分も八つ当たりしたのだからおあいこだと考え、口は開かなかった。不思議なものでディックにもう少し頑張ってみると宣言したせいか、以前より余裕が出てきた気がする。

相変わらず腹の立つ男だが、言いたいことを我慢せず吐き出せるようになったおかげで、ストレスはかなり減ったようだ。

帰庁したユウトとキースが麻薬課のフロアを歩いていると、ボリス・クリストフが足早に近づいてきた。どこか強ばった表情から何かよくないことが起きていると感じた。

「聞き込み中にマーカスが倒れて病院に運ばれた。さっきまで俺も病院にいたんだ」

「なんだって？　容態は？」

「搬送時は意識がなかったが、治療のおかげで今は安定している。お前もマーカスの心臓のことを知っていたんだろう?」

「ああ、本人から聞いた。俺の前で軽い発作を起こしたんだ。やっぱり仕事を続けるのは無理があったんだな」

「俺がもっと気をつけていればよかった」

クリストフは疲れた様子でうなだれた。常に一緒にいる相棒として、強い自責の念に駆られているようだ。

マーカスとクリストフはコンビを組んで五年になる。クリストフは長年、経済犯罪課にいて、麻薬課に異動してきたものの畑違いの仕事に当初は苦労したという。マーカスが相棒でなければ、早々に異動願を出していただろうと以前話してくれた。心から尊敬して信頼もできる相手と組めたクリストフを、ユウトは幸せ者だと思っていた。

「あんたのせいじゃない。現場での仕事を続けたがったのはマーカス本人だ。今から俺も病院に行ってくるよ」

搬送された病院を教えてもらい帰り支度を済ませたユウトは、念のためキースに「お前も行くか?」と声をかけた。予想はしていたが、「俺はいい」という答えが返ってきた。

「病院は嫌いだし見舞いも苦手だ」

「得意な人間なんているかよ。じゃあな」

「――レニックス」

　呼び止められて振り返ったが、キースは言葉を発しない。先回りして「また偽善者だって言いたいのか？」と尋ねると、キースはむっとした顔つきになった。

「さすがの俺でも言うかよ。マーカスにゆっくり休めと伝えてくれ。あと、ジジイのくせに無理するなって」

　ひと言余計だが、見舞いの言葉を口にしてくれたことが嬉しかった。

「わかった。お前が心配していたことをちゃんと伝えるよ」

　キースは肩をすくめてユウトに背を向けた。マーカスがキースのことを気にかけ、ユウトに助言を与えたことを彼は知らない。話しておくべきか迷ったが、キースの素直ではない性格を考えると、このタイミングでは伝えないほうがいいと思った。

　病院は本部庁舎から車で十分ほどの場所にあった。受付で教えられた病室に行ってみると、ベッドに横たわったマーカスが家族に囲まれていた。薬のせいか少しぼんやりした顔つきだったが顔色もよく、会話も普通にできる状態で安心した。

　久しぶりに会う細君のブリジットと娘のエレナは、ユウトの訪問を喜んでくれたが、エマは人見知りして母親に抱っこをせがんだ。当然のことだが、ユウトのことはまったく覚えていないようだ。前に会った際は愛らしい表情で笑ってくれただけに、少々寂しい。

「ベンの好きなダンキンドーナツを買ってきたよ。気が向いたら食べてくれ」

どうせならもっと気の利いたものを買いたかったが、マーカスにとってダンキンドーナツは特別なアイテムだ。大がかりな捜査に出向く前、彼はいつも験担ぎとしてダンキンドーナツを買ってきて、チームのメンバーに配るのだ。

ブリジットは礼を言い、ユウトからドーナツの箱を受け取った。

「ユウトにまで心配かけてごめんなさいね。この人には内勤に異動させてもらうべきだって、何度も言ってたのよ」

「いいんだ、ブリジット。ベンは根っからの刑事だ。最後まで現場にいたい気持ちは理解できる。大事に至らなくてよかったよ」

「みんな心配しすぎなんだ。ポンコツの心臓がちょっと怠けただけで、大したことはない。明日にでも退院して仕事に戻るつもりだ」

「何言ってるのよ、お父さん！　当分は安静にしてなきゃ駄目よ。無茶して次に大きな発作を起こしたら、命の保証はできないって先生に言われたのに、退院なんてとんでもないわ」

エレナが厳しい声と表情で父親を叱りつけた。エマは母親の怖い顔に驚いたのか、泣きべそをかいてしまった。エレナはエマの頭に頬ずりしながら言い募った。

「お願いだから手術を受けてちょうだい。お父さんにまで何かあったら私……」

「お前が怒るからエマが泣いてしまったじゃないか。エマ、おじいちゃんのところにおいで」

「あなた、起きては駄目よ。寝てないといけません」

エマが泣き止まないので、エレナは娘をあやすために病室を出た。ブリジットも親戚に電話をかけてくると告げて席を外し、ユウトだけが病室に残った。

「……すまなかったな。お前に大丈夫だと言ったのに、このざまだ」

ふたりきりになるとマーカスは溜め息をついた。思うに任せない自分の弱った身体を、本人が一番やるせなく思っているのだろう。

「最後まで頑張りたい気持ちはわかるけど、無理だけはしないでくれ。あんたに何かあったら家族がどれだけ悲しむことか。ボリスだって死ぬほど後悔するぞ。しばらくゆっくり休んだほうがいい。俺の生意気な相棒も心配してた」

「ほう、キースが？」

「じいさんのくせに無理するなってさ」

マーカスは咳をするような乾いた息でひとしきり笑った。ユウトもつられて一緒に笑った。キースの憎まれ口が初めて役に立った。

「医者からは手術を勧められているんだが、定年するまで待ってくれと頼んでる」

「なあ、ベン。俺はあんたを心から尊敬している。刑事としても、ひとりの夫としても、父親としてもだ。あんたのことが好きだから、できるだけ長生きしてもらいたいんだ。仮に早期退職したとしても、ベン・マーカスが素晴らしい刑事だったことは紛れもない事実だ。それは誰もが認めているはずだ。だから家族のために、少し早めのリタイヤメントライフを送るのもいいんじゃないのか？」

若造が出過ぎた意見を口にしているという自覚はあったが、遠慮よりもマーカスを心配する気持ちが勝っていた。もどかしいような悔しいような感情まで混ざっているのは、きっと仕事だけに生きて、事故で突然死んでしまった自分の父親の姿が重なるせいだろう。時間を巻き戻せるものなら、父親にも同じ言葉を言ってやりたい。

ユウトの父親もリタイアしたら、老後は家族とのんびり過ごしたいと願っていた。自分で定めた重要かつ幸せな通過地点に向かって、休む暇もなくひた走っていたはずだったのに、その手前で人生という名のレールは途切れてしまった。

優しい妻と幼い娘を残し、ある日、唐突にこの世から去ってしまった父を思うと、いい知れない悲しみが湧いてくる。本人もさぞかし無念だろうが、家族の無念はそれ以上だ。残された者の喪失感には果てがない。

「お前さんの言葉は嬉しいが、俺は決して褒められた人間じゃない。老いぼれても刑事でいるしか能がない男だ。俺から仕事を取ったら何も残らん。その大切な仕事でさえ俺は――」

マーカスは不意に口を閉ざし、細く息を吐いて目を閉じた。

「ごめん。見舞いたくてきたのに逆に疲れさせてしまったな。とにかく、しばらくゆっくりしてくれ。家族のためにも、今は絶対に無理しちゃいけない。……前にあんたが足を撃たれて入院してた頃、ブリジットが言ったんだ。結婚してからずっと仕事が忙しくて、ベンとこんなにのんびり過ごしたことはなかった。ベンには悪いけど毎日が楽しいのって」

そう言って微笑んだブリジットの穏やかな顔を、今もはっきりと覚えている。大怪我をした夫を看病する悲痛さはなく、病室で過ごす時間が本当に楽しそうで、まるで恋する十代の少女のようだった。

「……ブリジットには感謝してる。なんの面白みもないつまらない男を、こんな仕事ばかりで家庭をろくに顧みなかった駄目な夫を、ずっと支えてくれた素晴らしい女性だ」

「そう思うなら、医者がもう大丈夫と言うまで安静にしてなきゃ。心配しないで捜査は俺たちに任せてくれ。モレイラの件も必ずやり遂げてみせる」

捜査の続行もわからないのに無責任な断言だが、これはマーカスを励ます言葉であると同時に、自分自身の決意表明でもあった。

「ユウト。お前の真面目さや誠実さを、俺は素晴らしい長所だと思ってる。けどな、そのまっすぐさゆえに、お前がいつかひどく苦しむことになるんじゃないかと心配もしている」

マーカスはどこか悲しむような、あるいは憐れむような眼差しを浮かべていた。

「大丈夫だよ。以前ほど頑固じゃなくなったし、真面目一辺倒でもなくなった。最近はキースのことも、そんなにむかつかなくなってきたしね」

冗談交じりに言うと、マーカスは「そいつはよかった」と目尻にしわを寄せた。

自分ではしっかりしているつもりでも、マーカスの目には危なっかしいひよっこに映るのかもしれない。そうだとしても自尊心が傷ついたり、悔しく感じたりはしなかった。

むしろマーカスにはこれからも、お前はまだまだだと思っていてほしい。そういう目線で自分の成長を見守ってもらいたかった。


マーカスを見舞った三日後、モレイラへの囮捜査続行が決定した。

そしてその日の午後、まるでタイミングを合わせたかのように、モレイラから部下のカミロを通じて、取引とは関係なく個人的に会って話がしたいという連絡が入った。

適当な理由をつけて断ることは可能だったが、今後のビジネスの展開も踏まえて、酒でも飲んで交流を深めないかという打診で、チョン殺害の真相を探りたいユウトにとって願ってもない申し出だった。

モレイラを無事に逮捕できたとしても、それはあくまでもコカイン売買の罪であり、証拠もなくチョン殺害の件に触れることは難しい。有能な弁護士を雇うことは目に見えているから、きっと別件の質問はことごとく遮られるだろう。

だが逮捕の前なら、親しくなったふりをして探りを入れられる。モレイラの反応から事件への関与の有無を、どうにかして推し量ることができるかもしれない。

上に相談すれば必ず止められる。ユウトは決意した。

「明日は休みだが、俺はモレイラに会いに行く」

聞き込み捜査が終わり、帰路についた車内でキースに打ち明けた。運転席に座ったキースはユウトの独断に驚いたのか、「本気か？」と珍しく目を瞠（みは）った。

「そんな真似をして大丈夫なのか？　ばれたら処罰を受けるかもしれないぞ」

「覚悟のうえだ。モレイラがチョンを殺害したのか探りを入れたい。もしモレイラの指示だとしたら、囮捜査の情報だって漏れているかもしれないんだ。そうなったら作戦は失敗する」

キースはハンドルを握りながら「どうかな」と言い返した。

「俺はチョンを殺したのはモレイラだと思わない。個人的に会いたいなんて言ってくるくらいだから、今後もあんたとでかい取引ができると踏んでいるはずだ」

「なら、チョンは誰になぜ殺された？」

「囮捜査とは別の問題を抱えていたんじゃないのか」

キースの見解も一理あるが、すべて仮定の話だ。自分の考えももちろん仮定だが、情報を少しでも手に入れるためには、やはりモレイラに接触するのが一番の早道だろう。

「とにかく、俺は明日モレイラに会う。悪いが俺に定期的に連絡を入れてくれないか。問題が生じていれば、俺は電話に出られない。そのときは通報して――」

「はっ？　何寝ぼけたこと言ってんだよ？　俺も同行するに決まってんだろうが。ひとりで行くなんて無謀すぎる」

「だったら誰が安全確認するんだよ」

「あんたの彼氏にでも頼めよ」

「無理だ。ディックに話したら、一緒に行くって絶対に言う」

キースは横目でユウトを見ながら、「過保護な彼氏だもんな」とせせら笑った。

「そうだよ。ディックはものすごく心配性なんだ。捜査ならまだしも、任務外で俺が危険な真似をすると知ったら黙っていない。俺を尾行したり援護したりするかもしれない。これは惚気でも自慢でもない。あいつはリーサルウエポンなんだ。暴走したら大変なことになる。だから絶対に内緒にしないといけないんだ。わかったか?」

キースはしばらく黙っていたが、「厄介な彼氏だな」と嘆息した。

「わかったよ。あんたの恋人には内緒にしよう。安全確認はキングに頼むか?」

「仲間には頼めない。何かあったとき、報告義務を怠ったと責められる。チームのメンバーには迷惑をかけられない」

「俺には頼んだのに? それって俺なら迷惑をかけてもいいってことか」

鼻先で笑ったキースに、ユウトは心底驚いて「違う!」と大きな声を出してしまった。

「そうじゃない。そうじゃなくて、俺は、あれだよ。なんていうか、お前は俺の相棒だろ? なんでも隠さず話しておくべきだと思って、それでお前にだけは――」

「わかったわかった。要するにあんたにとっての相棒は、相手がどういう人間だとしても、一蓮托生(れんたくしょう)の関係ってことなんだろ?」

自分の気持ちをひと言で表現されて驚いたが、それ以上に無謀な行動の一端をキースに担わせようとしていたのに、指摘されるまで気づけなかった自分に驚いた。相棒というだけで相手に不利益を強いるのは間違っている。

「悪かった。お前を巻き込むことになんの疑問も感じなかったのは、俺の傲慢だ」

「そういう反省のポーズはやめてくれ。イラっとする」

「いや、ポーズじゃなくて、本当に俺は悪いと思っているんだ」

「本気で反省してるなら、もっと苛つく」

「……なぜ?」

思いがけない言葉に思考が停止してしまい、理由を尋ねることしかできなかった。

「俺はあんたの無茶につき合うと言ったはずだ。巻き込まれるのが嫌なら知らん顔をしてた。行動を共にするってことは、一蓮托生であることを了承したってことだろ。なのになんで今さら謝ったり反省したりするんだ? 自分がいい子ちゃんでいたいからかよ。そういう気持ちの悪い自慰行為みたいなのは、俺に見せないでくれ」

吐き捨てるように言われても腹は立たなかった。確かにキースの言うとおりだと思ったからだ。謝るくらいなら最初からキースを巻き込むべきでなかったし、巻き込んだ以上、謝ったところでそれは身勝手な自己満足でしかない。

「お前のいうとおりだな。いい子ちゃんでいたいわけじゃないが、反省する気持ちは自分ひとりで処理すべきだった。……でも言い過ぎだろ。人が謝ってるのにそこまで言うな」

最後に文句が出てしまった。キースの指摘は正しいが、言い方はまったく正しくない。

「あんただって最近は言い過ぎだから、お互い様だろ」

「……かもな」

このところキースには、きつい言い方をしてばかりだ。ユウトにすれば売り言葉に買い言葉だが、言い過ぎの事実は否定できない。

「お前が俺を怒らせる物言いをするから、俺も言い過ぎてしまうんだ」

「人のせいにするなよ。お利口ちゃんなら俺が何言っても、ずっとお利口ちゃんでいればいいだろ」

「俺は聖人じゃない。腹が立てばキレもするし暴言も吐く」

「で、そのあとすぐ反省するんだろ？　つくづく面倒くせぇ性格だよな。とにかく俺はモレイラを逮捕できるならなんだってする」

性格には難ありでも、何事においても迷いがないという点においては、キースの強気さを頼もしく感じた。

「逮捕は当然として、俺はチョンを殺した犯人も見つけたい」

「自分の罪悪感を晴らしたいからだろ」

「だったら悪いか？」

それだけではないが強い罪悪感は確かにあるから。だとしたらなんなんだ？　自分の重荷を自分で取り除くことは、決して自分勝手でも自己中心的でもないと、開き直ることにした。

「別に悪くないさ。自覚してるなら構わない。にしても、ルール遵守の真面目くんかと思ったら、無茶もするんだな」

「必要なことだからな。……お前もそうだったんだろ？」

「何が？」

「カンターを見張っていたときだよ。俺に待機を指示されていたのに、リズの声が聞こえたから家に飛び込んでいった。すべてはあの子を助けるための行動だった。だよな？」

さあな、と言うようにキースは肩をすくめた。

「正しいことをしたと思っているなら、ちゃんとそう言え。俺はお前を理解したいと思ってるんだ。無理して心を開けなんて言わないが、俺の努力の邪魔をするな」

「ハッ。気持ち悪いな。熱血教師じゃあるまいし、そういう臭い台詞（せりふ）はやめてくれ」

ぼやくキースの態度は相変わらず可愛くなかったが、一蓮托生の危険な行動を共にするのだと思うと、初めてこいつは俺の相棒なんだという実感が湧いてきた。

翌日の遅い午後、市警本部の駐車場でキースと落ち合った。

非番なので捜査車両は借りることができない。車はキースが用意するというので任せたのだが、駐車場に屋根を全開にした真っ赤なコンバーチブルに乗って現れたので唖然とした。

「それ、お前の車か?」

「友人に借りた。乗れよ」

こんな派手な車に乗りたくないと思ったが、今さら文句を言ったところでどうしようもない。ユウトは黙って助手席に座り、黒いサングラスをかけた。

「彼氏に尾行されてないだろうな?」

「ないよ。急な応援要請が入ったと説明して出てきた」

休みの日に大変だな、とディックはいたわりの眼差しを浮かべて見送ってくれた。最愛の恋人に嘘をつくのは心苦しかったが、今回は致し方ない。

モレイラに指定された住所はマリブだった。海岸線を右折し、高級住宅が建ち並ぶエリアへ入っていく。上り坂のゆるやかなカーブをいくつか抜けたところで、カーナビの案内に従い車を停止させた。

到着したのは見るからにセレブ向けといった豪邸だった。

「ここはモレイラの自宅なのか?」

「だったら大収穫だが、おそらく一時的に借りてるだけだろう」

取引が無事終わったあとならいざ知らず、今の時点で自宅を教えるほど信用はされていない。この家の借り主を調べたところで、モレイラの素性は割り出せないだろう。

出迎えたのはカミロだった。黒ずくめの男たちのボディチェックを受け、庭のプールと海まで見渡せる広いリビングに通された。

モレイラは豪奢な革張りソファーの中央に座っていた。背後には黒人の部下、クロウが控えていた。クロウは黒いサングラスをかけていて、今日も表情は窺えない。

「よく来てくれたな、ユージン」

立ち上がったモレイラが右手を出してきた。相変わらず笑っているのに憂鬱に取り憑かれたような顔に見える。ユウトは握手を交わしてモレイラの向かい側に座った。

「ゴードも同席させていいか？　こいつは俺の右腕だ」

モレイラはキースをちらっと見て、「ああ、構わない」と了承した。キースはユウトの隣に腰を下ろした。

「チョンのことは本当に残念だった」

「まったくだ。ムショにいるチョンの兄貴も悲しんでいた」

「犯人の目星はついてるのか？」

「まったくわからない。チョンと会うのは久しぶりだったし、俺はＫＣＳのこともよく知らないからな」

「まずはチョンの死を悼んで乾杯でもしよう」

モレイラはにこやかに酒を勧めてきた。いかにも高級そうな酒がグラスに満たされる。ユウトはモレイラに向かってグラスを掲げ、一口飲んだ。味の良しあしなど今はわからない。

「念のために確認させてくれ。チョンを殺したのはあんたじゃないよな？」

「俺がチョンを？　なぜそう思う？　俺にチョンを殺す理由があると考えているなら、その根拠をぜひとも教えてもらいたいな」

モレイラは気を悪くした様子もなく、逆に質問を返してきた。気怠い態度の中に面白がるような気配が垣間見えている。

「あんたに会った夜、チョンは殺された。俺の知らないところで、あんたとチョンの間に何かトラブルがあったんじゃないのか？」

「それだけの想像で疑われても困る。言いがかり同然だな」

「俺はただ真実が知りたいだけだ。あんたがチョンを殺したとしても、正直なところを言えばどうでもいい。従兄弟といっても深い親交があったわけじゃないしな」

モレイラの探るような視線を感じながら、ユウトは言葉を続けた。

「しかしチョンが誰の恨みを買っていたのかは把握しておきたい。今後もＬＡでビジネスをするなら危険な相手を知っておかないと、チョンの二の舞になる」

「若いのにいい心がけだな。この世界は用心深い者だけが生き残れる。チョンは目端が利くのに隙が多かった。そして自分だけは上手く立ち回れるという若さゆえの驕りがあった。その驕りに足をすくわれたんだろう」

随分と意味深な言い方だ。まるで何もかも知っているとでも言わんばかりではないか。

「チョンが誰に殺されたのか、あんたは知っているんじゃないのか」

「実を言うと知っている」

隠し通すつもりはなかったのだろう。モレイラはあっさりと白状した。

「犯人は誰なんだ？」

「悪いが名前は明かせない。仮に犯人をXとしようか。Xはチョンを殺したことを、誰にも知られていないと思っているが、私は証拠を摑んでいる」

「どんな証拠だ？」

「部下にチョンの自宅を監視させていたらXが現れた。銃声が聞こえ、Xは急いで去って行った。誰にだってできる計算だろ？」

緊張のせいで血の気が引き、指先が冷たくなった。キースのほうを向いて、俺の顔は青ざめていないかと尋ねたい衝動に駆られる。

「Xに事実確認したのか」

「いいや。Xとは少々複雑な関係でね。弱味を握っておけば、いざというときの切り札にできるだろうから、本人には話していない」

「そもそも、あんたはなぜチョンを監視していたんだ？」

「今回の取引が罠かもしれないと考えて用心しただけだ。お前たちがチョンを送り届けたあとでＸがやってきた。Ｘが逃げたあと、お前たちはチョンの部屋に戻ってきたそうだが、理由はなんだ？」

　自分たちは見張られていたのだ。しかし尾行の気配は確かになかった。ということはチョンの部屋が見えるどこかで、モレイラの部下は身を潜めて監視していたのだろう。あのとき、もし現場に残って刑事として捜査に協力していれば、ユウトたちの正体は完全にばれていた。キースの咄嗟の判断に感謝するしかない。

「チョンが車に忘れ物をしたから届けに戻っただけだ。そのＸって男が誰なのか、どうしても教えてもらえないのか？」

「ああ。俺にとっては利用価値のある男だ。お前に教えたせいで、万が一のことがあっては困るからな」

　モレイラは冷淡な笑みを浮かべ、グラスを口に運んだ。

「モレイラ、もう一度確認する。Ｘにチョンを殺させたのは、あんたじゃないんだな？」

「俺じゃない。俺には殺す理由がない。チョンはいい商売相手だった。もうチョンの話はやめにしよう。取引をするのは俺とお前だ。仲良くやろう」

　モレイラの視線を受け止めながら、この男は底なし沼のようだと感じていた。率直に話しているようでいて、腹の内がまるで読めない。

「確かに俺とあんたの取引だ。チョンの死は関係ないな」

「わかってくれて嬉しいよ。今日は取引の前祝いに楽しもうじゃないか」

モレイラが指を鳴らすと部下が扉を開けた。入ってきたのは四人の若い女たちだった。どの女も露出の高い服装で人形のような笑顔を浮かべている。素人ではなく高級コールガールの類いなのはすぐわかった。

女ふたりがモレイラの両側に侍り、残りのふたりはそれぞれユウトとキースの横に腰かけた。モレイラの部下がジュエリーケースのようなものを運んできて、ガラスのテーブルの上に置いた。中には小さなナイロン袋がたくさん入っていた。

「前にもらったサンプルだが、あれは非常にいいコカインだった。今日はお返しに、あれに負けないほどいいシュガーを用意した。楽しんでくれ」

まずいことになった。上手く断らないとモレイラの機嫌を損ねてしまう。

「こんな美女と最高のブツまで用意してくれるなんて最高のもてなしだ。心から感謝する。けど、俺はうまい酒だけでいい。俺は売りはするが、自分ではやらない主義なんだ」

「ユージン、そんなつれないことを言うなよ。俺はお前を気に入っているんだ。お前はいい仕入れルートを持っているようだから、これからも一緒にビジネスがしたい」

「俺だって同じ気持ちだ。でも今日はそういう気分じゃないんだ。今度、別の機会に――」

「どうした、ユージン。たかがコカインじゃないか。何をびびっているんだ？　まさかお前は囮捜査中の警察官なのか？」

あくまでもにこやかな表情で言うので、どう反応すべきか一瞬迷った。ユウトが動揺していると誤解したのか、キースがすかさずモレイラをにらみながら「おい」と低い声を出した。

「誰がおまわりだって？　取引相手に喧嘩を売るつもりか？　何様か知らねぇが、随分な態度じゃねぇか。ユージンは誰の指図も受けない。口の利き方に気をつけろ」

「やめろ、ゴード。喧嘩を売ってるのはお前のほうじゃないか。……モレイラ、すまなかった。血の気の多い奴でね」

モレイラは「しつけのなっていない番犬だな」と肩をすくめた。ユウトたちを警察だと本気で疑っている印象は受けなかった。かといって、まだ完全には信用されていない。この場でのユウトの出方を窺い、本当に取引のできる相手かどうか見極めようとしている。要するに最終テストというわけか。

「俺だってあんたと今後も取引がしたい。今回はお近づきの印に楽しませてもらうよ」

キースの強い視線を感じたが、気づかないふりをした。

「そいつは嬉しいな。さっそく楽しもうじゃないか。お前たちも好きなだけ味わえ」

女たちは嬌声を上げ、ガラスのテーブルの上にパウダー状のコカインを出し、カードを使って何本ものラインを作った。隣に座った女が財布から一ドル紙幣を出し、ユウトに「使う？」

と差し出した。

受け取って数秒見つめてから、紙幣を巻いて筒にした。アメリカの一ドル紙幣の九割はコカインなどの麻薬成分に汚染されているというが、まさか自分が汚染する側に立つとは思いもしなかった。

「さあ、楽しくドライブしよう」

モレイラの言葉がスタートの合図だった。女たちが紙幣をストロー代わりにして、鼻からコカインを吸引していく。怖い顔をしたキースと目が合ったが、仕方ないだろうと視線で答えた。覚悟を決め、線を追って走るドライブに加わった。

巻いた紙幣の先端を白い筋に近づけ、左の小鼻を指で押さえながら右の鼻から吸い込む。鼻の粘膜に粉が不着する感覚が不快だったが、慣れた態度を装って味わうように鼻を啜(すす)った。

「きめが細かくて最高にいいな」

適当な褒め言葉を口にする。ユウトは薬物を徹底して避けてきた。パーティーで友人たちがマリファナやコカインを楽しんでいても、絶対に参加してこなかった。だから当然、粉末を鼻腔から吸い込むスニッフィングも初めての体験だ。

「ねえ、連絡先を教えてくれない？　あなたみたいな人、すごくタイプなの」

隣の女がしなだれかかってきた。一応、ポーズで女の肩を抱いてみる。

このくだらない茶番をどれくらい続ければいいのだろう。ちらっとキースを見ると、俺はもう知らないからな、というように目をそらされた。冷たい相棒だ。

「他では味わえない最高級品のシュガーだ。どんどん決めてくれ。それから気に入った女がいれば、二階の部屋を好きに使っていい」

ユウトは「サービス満点だな」と笑みを浮かべてモレイラを見た。視線が合うとモレイラも微笑んだが、楽しんでいるふりでこちらの一挙手一投足を観察しているように思え、まったく気が抜けなかった。

コカインの作用で普通なら気分がハイになってくるのだろうが、成り行きとは言え薬物を摂取した罪の意識と、絶対にへまはできないという緊張が絡まり合って、高揚感も興奮もいっさい感じられなかった。それでいて心拍数と呼吸は速まり、頭の血管が膨張しているのかズキズキと痛んできた。

「そんなものじゃ足りないだろう？　遠慮せずやってくれ」

モレイラが二回目の吸引を勧めてきた。気分が悪いとは言えず、ユウトは楽しんでいるふりで従った。

「なあ、モレイラ。アントニオ・ゴメスを知ってるか？　半年ほど前に殺されたコロンビアルートの密売人だ」

「ゴメスか。何度か会ったことはある。お前も知り合いだったのか？」

「いや、俺は会ったこともない」

だったらなぜゴメスの名前を出したと、モレイラの目が問いかけていた。

「俺はロス市警に知り合いがいるんだが、そいつから興味深い話を聞いた。チョン殺害に使われた銃と、ゴメスが撃たれた銃は同じだったらしい。もしかしてXは殺し屋なのか？」

チョンを殺したのはやはりモレイラで、Xという人物は作り話かもしれない。どうにか尻尾を摑みたい一心から、ユウトはハイになったふりで話を蒸し返した。

「Xは殺し屋じゃない。金が欲しいだけの強欲な俗物だ。奴はゴメスとも仕事で繫がりがあったから、ふたりの間で何かトラブルが生じていたのかもしれないな」

「Xがゴメスを殺したことを、あんたは知らなかったのか？」

「知らなかった。俺はXとそこまで親しい関係じゃない」

驚きや動揺をまったく引き出せなかった。モレイラはこの事実を知っていたのだろうか。それとも裏社会で誰が誰を殺したという話など、驚くに値しない些細な出来事だと思っているのだろうか。いずれにせよ、ユウトの繰り出したジャブは空振りに終わったようだ。

「ねえ、上に行かない？」

女が甘えるようにもたれかかってきた。モレイラの指示なのか仕事熱心なのかわからないが、執拗に誘惑してくる。体温が上昇して身体が火照り、動悸はいっそう速まりひどく息苦しい。それに嫌な頭痛は治まらない。

笑みを浮かべるのも一苦労のユウトは、いっそ誘いに乗ったふりで二階のベッドに行って、横になって休んでしまいたいという気分になったが、積極的な行動に出るとまずいことになる。何がまずいってディックにばれたらどうなることか。

これ以上、コカインなんて身体に入れたくないし、酒も一滴だって飲みたくない。心の中で叫びながら、モレイラの前で楽しんでいるふりを続けていると、キースの携帯が鳴った。

キースは電話の相手と険しい様子でやり取りをして、通話を終えるなり女を押しのけ、ユウトに耳打ちした。ユウトは「本当なのか？」と眉根を寄せてキースを見返した。

「どうかしたのか？」

「ちょっとしたアクシデントが発生した。コロンビアからメキシコルートで輸送中だったブツにトラブルがあったらしい。これからメキシコに向かう」

キースは「もう行くぞ」と囁いただけで、ユウトの説明は適当な嘘だ。途中の安全確認はキースの知人に頼むことになった。車を貸してくれた相手だろう。車の趣味は悪いが、最高のタイミングでかけてきてくれたことに心から感謝した。

「悪いが今日はこれで失礼させてもらう」

立ち上がりモレイラに手を差し出した。モレイラはユウトと握手しながら、「大変だな」と上辺だけの同情を向けてきた。

「こういったトラブルはよくあることさ。あんたとの取引にアクシデントは起こらない。安心してくれ」

「そう願ってるよ。それから取引だが、明後日の午後にしたい」

突然の提示だった。ユウトは「えらく急だな」と苦笑を浮かべた。万全の作戦を立てるためにも、もう少し時間が欲しいところだ。

「早いほうがいいと言ったのはそっちじゃないか。場所は明後日の午後、電話で知らせる」

直前まで明かさないのは、罠の可能性をまだ疑っているせいか。用心深いにもほどがある。そちらが主導権を握りすぎだとクレームをつけることも考えたが、ここは鷹揚な態度で応じたほうがいいと判断した。

「わかった。連絡を待ってる」

9

「あんたは馬鹿か！　何を考えてるんだっ」

海岸線に出てしばらくしてから、ハンドルを握ったキースが突如、怒鳴りだした。尾行がないことを確認できるまで我慢していたのだろう。

「……声がでかい」

ユウトはたまらず手で耳を塞いで文句を言ったが、キースは遠慮などする気はさらさらないようだった。

「適当に断ればいいものを、危ない真似してんじゃねえよっ」

「しょうがないだろう。モレイラはまだ疑っていた。俺がコカインを断っていれば、取引も反故にされたかもしれない。ああするしかなかったんだ。……くそ。気分が悪い。コカインなんて最悪だな。こんなもののどこがいいんだ」

窓を開けて冷たい空気を引き込んだが、気分の悪さはいっこうに治らない。

「コカインは初めてだったのか？」

「ああ。ドラッグには一度も手を出していない」

「一度も？　マリファナならあるだろう。ガキの頃にパーティーで一回くらい吸ってるはずだ」

勝手に決めつけるなと言い返したかったが、胃が裏返ったように痙攣(けいれん)して、ユウトの口から出たのは別の言葉だった。

「駄目だ、吐く」

「おい、ちょっと待てよ。車を汚したら俺がダチにぶっ殺される。止めるから待て」

キースは慌ててウインカーを右に出し、車を路肩に急停止させた。ユウトは猛烈な吐き気に耐えきれず、車が完全に止まる前にドアを開けて外に飛び出した。

崖(がけ)の上から海めがけて嘔吐(おうと)する。食べ物は胃に入っていないせいか、出てきたのは水分だけだった。吐くだけ吐くとようやく生きた心地が戻ってきて、海を見ながらひと息ついた。

いつの間にか日は暮れて、空が赤く染まっている。吐き気が完全に治まるまでしゃがみ込んでいるうち、周囲はどんどん薄暗くなり、行き交う車のヘッドライトが点灯し始めた。

キースは運転席に座ったまま降りてこない。冷たいとは思わず、逆に無様な姿を見られずに済んで安堵する気持ちのほうが強かった。

「……すまなかった」

車に戻り、助手席に身体を投げ出すようにして座った。緩慢な動作でシートベルトを締めていると、水の入ったペットボトルを無言で渡された。

「用意がいいじゃないか」

「後部シートに転がってた。飲んで大丈夫か保証はできない」

五秒ほど迷ったが背に腹はかえられず、キャップを開けて水を口に含んだ。別に変な味はしないから大丈夫だろう。

「悪いがシートを倒させてもらう。まだ気持ち悪い」

キースは「ご自由に」と肩をすくめた。ユウトのほうを見ようとしないのは、まだ怒ってい

るせいだろう。無茶をする相棒に腹を立てるのはユウトの仕事だったのに、今日ばかりは役割

が反対だ。

再び走りだした車の中で気を失うように寝てしまった。どれくらい経ったのか、キースの無

遠慮な声で起こされた。

「レニックス、着いたぞ」

乱暴な手つきで肩を揺さぶられ、うなり声が出た。徹夜明けでベッドに入って爆睡したとこ

ろを叩き起こされたような、とにかく最悪の気分だった。この状態で起きるなんてとんでもな

い。俺はこのまま休んでいたいんだ。頼むから放っておいてくれ。

「起きないとキスするぞ。派手なキスマークもつけてやる。それを見たあんたの心配性の恋人

は、一体どんな顔をするだろうな」

ユウトが寝たふりを決め込んでいると、キースがとんでもないことを言い出し、慌てて飛び

起きた。

「やっぱり聞こえてるじゃねぇか。さっさと降りろよ」

キースは運転席から冷ややかな目でユウトを見下ろしていた。確かに聞こえていたが、その起こし方はない。それにディックのことを持ち出すなんて反則だ。

「ここはどこだ？」

市警本部の駐車場ではなく、見覚えのない場所だった。低層のビルが建ち並ぶ夜の路地だ。

「酒と薬が完全に抜けるまで家に帰れないだろ。俺の部屋で休んでいけ」

「いいよ。迷惑はかけられない。市警本部で降ろしてくれたら、自分の車で休んで――」

「正気か？ 誰かに様子が変だって思われたらどうするんだ？ ギャング・麻薬対策課のレニックスはドラッグに手を出しているってチクられたら一発でアウトだぞ。失業したくないならうちで休んで、しゃきっとした顔つきになってから帰れ。第一、今さら迷惑もクソもないだろうが」

辛辣な物言いだが、腹を立てられる状況ではなかった。返す言葉もないとは、まさにこのことだ。違法薬物は所持、あるいは使用の現行犯でなければ逮捕されないが、体内から成分が検出されるとまずい。

「あんたがいなくなったら、俺は誰と組むんだろうな」

「それ以上言わないでくれ」

ユウトは降参するように両手を上げた。

「わかった。お前の部屋に行く。悪いがしばらく休ませてくれ」

「最初からそう言え。ったく、大胆な真似をしたかと思えば妙なところで遠慮する。あんたって本当に面倒くさいよな」

ひどい言われようだが事実なので反論できず、車を降りたキースのあとに無言で続いた。

キースのアパートメントは年代物の建物でクラシカルな風情が漂っていた。エレベーターはなく階段で三階まで上がる。今のユウトにはきつい運動だ。廊下の突き当たり、一番奥がキースの部屋だった。

「どこでも好きなところに座れよ。コーヒー、飲むか?」

「ああ、頼む。……どこでもって言うけど、座る場所がない」

リビングにはソファーとダイニングテーブルがあるものの、ソファーは服で埋まり、テーブルの四つある椅子も本や雑誌が載っていて、そのままでは座れそうになかった。

「適当にどかせばいいだろ」

上着を脱いでキッチンに立ったキースが、当然のように言い返す。仕方なくソファーを占領しているものを片付け始めた。初めて来た他人の部屋で掃除をさせられるとは思わなかった。

それにしても汚い。いくら独身男性の部屋でもこれはひどすぎる。生活がちゃんとしていないから、こいつのメンタル面も整わないのではないかと考えながら、ユウトは最後に残ったトレーナーをソファーから拾い上げた。

「ん？」

何かが引っかかっているのか持ち上がらない。怪訝に思いながら力任せに強く引っ張ったら、トレーナーの下から黒い塊が現れた。その黒いものと目が合い、驚きのあまり「わあっ」と声が出た。

「キース、猫がいる！」

黒猫だった。黒すぎて金色の目だけが目立つ。その存在感のある目で、猫はユウトを不満げに見上げていた。もしかしたらトレーナーを奪われまいとして、爪を立てて引っ張り返していたのだろうか。

「ああ、この部屋にはたまに猫がいるんだ。そいつは服の下とかバッグの中とか、変なところに隠れるのが好きで、いつも思いがけない場所から出現する」

キースは運んできたコーヒーカップをテーブルに置くと、黒猫をひょいっと抱き上げた。

「たまに現れるってどういう意味だ？　お前のペットじゃないのか？」

「隣に住んでるじいさんの猫だ。神出鬼没で月の半分ほどしか部屋にいないらしい。どうやら他の部屋を渡り歩いているみたいだな。うちにもたまにやってくるんだ。窓から入ってきたり、ドアを開けた瞬間に滑り込んできたりで、いつの間にか現れて、いつの間にかいなくなる」

しばらく姿を見ないこともあれば、一週間ほど居座ることもあるので、猫用のトイレを設置し、ペットフードも欠かさないようにしていると、キースは猫を撫でながら語った。

キースに抱かれた黒猫は頭を撫でられ、心地よさそうに目を細めている。黒猫を眺めるキースの眼差しはいつになく優しげで、この男も可愛い動物の前ではそういう顔をするんだな、と人間らしい一面を垣間見て、安堵するような気持ちを覚えた。

「名前は?」

「じいさんが名前はつけてないって言うから、俺は勝手にマンゴーって呼んでる」

「なぜマンゴーなんだ? 黄色ならともかく、そいつは真っ黒なのに」

コーヒーカップに手を伸ばしながら尋ねると、キースは「なんとなく」と肩をすくめた。なんとなくで黒猫にマンゴーという名前をつけるセンスは、ユウトにはまったく理解できない。

「あんたは猫が好きか?」

「ああ。猫も犬も好きだ。俺にも抱かせてくれないか」

キースはマンゴーをユウトの膝に乗せ、隣に腰かけた。そっと撫でてみるとマンゴーは喜ぶように尻尾を揺らした。もっと撫でろと言わんばかりに、ユウトの手に頭をこすりつけてくる。他人の家を転々としているだけあって人懐こい猫だ。

ルイスの愛猫のスモーキーに嫌われ、指一本、触れさせてもらえず、いつも悔しがっている哀れなディックに、マンゴーを紹介してやりたい。

「気分はどうだ? 辛けりゃ横になってても構わないぞ」

「まだ頭痛と軽いむかつきはあるけど、もう大丈夫そうだ。心配してくれてありがとう」

「家の中で吐かれたら困るからな」

礼を言われたときくらい素直に受け止めればいいものを、憎まれ口を叩かずにはいられない性分なのだろう。お前のほうが面倒くさい性格じゃないか、と胸の中で嘆息した。けれどキース・ブルームはたまに遊びに来るよその猫のために、トイレや餌まで用意する男だ。

「なあ、キース。お前は俺が思っていた以上にいい奴だ。面倒見もいいし、猫にも優しい」

キースは眉をひそめた。急に何を言い出すんだと思っているのだろう。

「何度でも言うぞ。お前は結構いい奴だ」

言ってるうちに嬉しくなってきて、にここにしてしまった。

諦めないでよかった。理解したいという気持ちを捨てないでよかった。まだ途上の関係だが、キースとはきっとこれから、もっといい関係を築けるはずだ。膨らむ希望に胸が温かくなっていく。

「急になんだよ。それにニヤニヤして気持ち悪いな。今頃、コカインが効いてきたのか?」

「関係ない。俺の率直な気持ちを伝えてるだけだ。なあ、マンゴー? お前もキースが優しいからこの部屋に来るんだろう? 素直じゃないけど根はいい奴だよな?」

マンゴーに向かって話しかけたら、キースは「やっぱり薬のせいで変になってる」とぼやいた。その可能性も少しはあるかもしれないが、せっかくキースへの理解が深まったのだから、このタイミングを逃す手はないとユウトは考えた。誰しも自分のプライベートな空間に他人を招き入れているときは、ガードが緩むものだ。

「お前はなぜ警官になった？」

「前に言っただろ。犯罪者を刑務所に放り込むためだ」

「じゃあ質問を変える。犯罪者をなぜそれほどまでに憎むようになったんだ？　何か理由があるはずだ」

キースは答えない。口を閉じたまま、ユウトに撫でられ喉をごろごろと鳴らしているマンゴーの顔を眺めている。答える気はないかと諦めかけたとき、キースがぽつりと漏らした。

「俺の親父は警察官だった」

「へえ、親子二代で警官か。立派だな。どんな親父さんだった？」

警察官だった父親を尊敬していて、それで自分も同じ道を目指したのだろうと考えながら、さらに質問を投げかけた。

キースはコーヒーを飲み、「怖い親父だった」と答えた。

「口数の少ない静かな男だったけど、俺にはいつも厳しかった。悪ガキだったせいか、叱られた記憶しかない」

「うちと同じだな。俺の亡くなった親父も頑固で怖かった。無口なくせに叱るときだけ雄弁なんだ。説教タイムの長さにいつも飽き飽きしてた」

キースは同意するような苦笑を浮かべた。

「お前の親父さんはどんな警官だった？」

「真面目で仕事熱心だった。優秀な警官として何度か表彰もされた。殺人課の刑事になるのが夢だったけど、俺が十五のとき、仕事中に撃たれて死んじまった」

「殉職した親父さんの遺志を継いで刑事になったのか。親父さんが生きていたら、すごく喜んでくれただろうな」

心からそう思って言ったのだが、キースは「それはない」ときっぱり頭を振った。どこか憂鬱そうにも見える表情だった。

「どうして？」

「お前は大学に行って稼げる仕事に就け、それが親父の口癖だった」

「それも親心だろうが、自分がなれなかった刑事に息子がなったんだ。父親としてこんな嬉しいことはないはずだ。今のお前をきっと誇りに思ってる」

キースは「勝手に決めつけるなよ」と息を吐いた。

「絶対にそうだよ。そうに決まってる。お前は親父さんの誇りだ。自信を持って胸を張って生きろ。頑張っていればいつかそのうち、お前に足りてない謙虚さと礼儀も身についてくる」

「最後のが本音だな」

「当たり。礼儀と言えばお前、キングたちにちゃんと挨拶(あいさつ)しろよ。俺が文句を言われる」

　マンゴーがユウトの膝の上で身体を舐めて毛繕いを始めた。つくづく警戒心のない猫だ。キースはむっつりした表情でマンゴーを見ていたが、ユウトに不満を宿した目を向けた。

「あいつらが俺のことを陰でなんて呼んでいるか、あんたは知ってるのか？」

　ユウトは「知らない」と答えたが、大体想像はついた。

「だったら教えてやる。童貞坊やだ。あいつら中坊か？　俺は転校生か？」

　笑いそうになったがどうにか我慢した。キースはロペス＆キングのコンビに、本気で腹を立てているらしい。くだらないあだ名くらいで、そこまで目くじらを立てなくてもいいものを。

「気にするな。俺だって二年前にはこう呼ばれていた。童貞王子ってな」

　キースは数秒黙り込み、「そのあだ名はなんとなくわかる」と呟いた。これは笑い話であって納得されるのは絶対に違う。ユウトは不名誉なあだ名を教えてしまったことを後悔した。

「よくあんなふざけた奴らが本部の刑事になれたよな」

「あれで優秀なんだよ。大抵のギャングはあのふたりの顔を見たら、びびって逃げ出す」

「ギャングにびびられるってことは、警察官としては問題ありってことだ」

　キースが眉をひそめて言うので苦笑しそうになった。自分だって優等生な警察官ではないくせに、他人には手厳しい。

「少々問題はあるけど根はいい奴らだ。同じチームなんだから仲良くやれよ」

「別に仲良くする必要はないだろ。仕事仲間は友人じゃない」

そんなことを言うなとキースを諭しかけたが、すぐに思い直した。ユウトも以前は同じような考えを持っていた。

　気が合わない相手と無理してつき合うことに、一体なんの意味がある？　仕事として結果さえ出せばいいじゃないか。そう思って媚びることを拒絶していたが、この年になってあの頃の自分を振り返ると、何をそんなにも尖っていたのだろうと溜め息が出そうになる。

　自分では強いから群れる必要などないと思っていたが、実際は真逆だった。臆病者だから傷つけられる前に拒絶していたに過ぎない。キースも同じかどうかわからないが、心に余裕のある人間は過度に他人を排除しないものだ。

「無理に仲良くしなくてもいい。でも円滑な仕事のために、普段から最低限のコミュニケーションを取ることは大事だ。相手のことをわかっていないと、いざというときの判断や決定に困ることもある。自分自身のためにも、相手を知る努力はしておいたほうがいい」

　できるだけ説教臭くならないように軽い口調で言うと、キースは「考えておく」と答えた。ユウトの言葉に頭から反発しなくなっただけでも大きな進歩だ。

　キースにコーヒーのお代わりを頼んだとき、上着のポケットで携帯が短く鳴った。メールの着信音だ。

　確認するとディックからで、「夕食は家で食べられそうか？」という内容だった。帰ったら食べる、先に食べてくれ、と返信していると、コーヒーを運んできたキースに手元を覗かれた。

他人のメールを覗き見するのはマナー違反だ。

「勝手に見るなよ」

「大した内容じゃないだろ。あんたの彼氏、もしかして同業者か？」

「なぜそう思う？」

あんなハンサムな警察官がいるわけないだろう、と心の中で返しながら尋ねた。

「車の中から散歩中のあんたらを見ていたとき、俺の視線を感じたのかディックは何度かこっちを振り返った。かなり距離があったのにやけに敏感で、一般人じゃない気がした」

さもありなんの話だから驚きはしなかった。

「ディックは元軍人だ。特殊部隊にいたから勘がいい」

「ああ、そっちか」

キースはおおいに納得したように頷いた。

「今は警備会社で働いている。現場にはあまり出なくて内勤が多いけどな」

「腕利きなのにどうして？」

「女性の警護対象者たちが、ディックをベッドに引っ張り込みたがるせいだ」

キースはぷっと噴き出し、「ハンサムすぎるのも大変だな」と言ったあと、妙に楽しそうな顔でユウトを見た。

「何が可笑しいんだ？」

「あのすかしたハンサムゲイ野郎が、女に誘惑されて困ってる姿を想像すると笑える」

「ディックはすかしてなんかないぞ」

「惚気るなよ」

軽くいなすように言われてカチンときた。

「これは惚気とは違う。お前の認識が間違ってるから訂正しているだけだ。ディックは断じて気取ったりしていないぞ。あいつは自然体でいても格好いいから、すかしているように見えるだけだ」

「そういうのを惚気てるっていうんだよ。俺がディックをどういうふうに思おうと、俺の自由だろ。あんたの認識を押しつけないでくれ」

キースの言い分は一理ある。腹は立ったが、喉まで出かかった文句は呑み込むことにした。

「確かにディックのことをどう思うのもお前の自由だ。でもディックはすかしてない」

我ながら往生際が悪いと思ったが、言わずにはいられなかった。キースはユウトのしつこさに嫌気が差したように首を振った。

「はいはい。あんたが彼氏にベタ惚れなのはよくわかったよ」

「ベタ惚れなのはディックも同じだ。だからさっき車の中で言ったようなことは、絶対にディックの前で言うなよ」

「なんのことだ?」

真顔で聞かれ、もう忘れたのかこの野郎と思った。

「起きないとキスするって言っただろ？　ああいうことだよ。冗談でも言うな。……お前、ディックに暗殺されるぞ」

キースは鼻先で笑い、「すごい」とまた首を振った。

「悋気がパワーアップした」

「悋気じゃない。あいつは俺のことを病的に好きだから警告してやっているんだ」

せっかくの忠告を笑い飛ばされたせいで、少し大袈裟(おおげさ)に言ってしまった。だが間違いではないはずだ。ディックのユウトに対する深い愛情は、時として常識を逸している。

キースは急に笑いを消し去り、「大変だな」と声をひそめた。同情するような目つきで見られ、もしかして何か誤解させてしまっただろうかと思わなくもなかったが、ディックとのあれこれをキースにあけすけに話したいとは思わない。ユウトは「まあな」と返して、この会話を打ち切った。

「それよりモレイラとの取引だ。明後日だとマーカスは復帰できそうにない」

「SWATも援護してくれる。問題ないさ。モレイラ一味は必ず逮捕してやる」

キースの目には強い闘志が漲(みなぎ)っていた。危険な任務を前にしても不安はないらしい。その勇敢さを評価する一方で、この若い相棒を心配する気持ちもあった。強気でなければこの仕事は務まらないが、怯(おび)えと紙一重の慎重さも同じだけ必要だ。

以前、マーカスに言われたことがある。俺たちは銃をいつぶっ放すかわからないギャングたちを相手にしている。この仕事で一番に求められる資質は、危険を察知できる嗅覚だ。嫌な予感がしたときはその直感に従え。気のせいだと受け流したり、自分だけは大丈夫だと慢心する奴は長生きできない――。

「キース。くれぐれも慎重にいこう」

「なんだ？　あんた、まさかびびってんのか？」

「びびってないが緊張はしてる。誰にも怪我させたくないからな。もちろんお前もだ。逮捕は大事だが、それ以上に大事なのは人命だ。無茶はするなよ」

キースは肩をすくめて「よく言うよ」とぼやいた。

「無茶しまくりのあんたが言っても、まるで説得力がない」

確かにそうだな、と思ったら笑えてきた。自分も散々、無謀な真似をしてきたのに、キースと組んでから妙な老婆心のようなものが芽生えてきて困る。そういった変化が人としての成長なのか、逆に事なかれ主義的なものに迎合していく精神の衰えなのかよくわからないが、自分より無茶をしそうな人間がそばにいると、必然的にそうなるのかもしれない。

よくも悪くも人は変わっていく。時間と共に少しずつ変化していくこともあれば、大きな出来事によって、内面に急激な変化がもたらされることもあるだろう。

自分もそうだしディックもそうだった。出会った頃のふたりと今のふたりは、考え方も関係性も大きく違っている。もちろんまったく変わらない部分もあるが、決して立ち止まることのない時の流れの中で、絶え間なく誰かと関わりながら生きていれば、人の変化は必然とも言えるのではないだろうか。

そんなことを考えていたら、ふとヨシュアの顔が浮かんだ。出会った頃は変化を好まず、周囲からの干渉を拒絶し、感情を抑圧して生きているように見えたが、ロブと出会って彼は大きく変わった。愛し愛される関係を深め、その結果、以前の彼だったら絶対に選ばないだろうと思えた俳優への道を踏み出したのだ。

いい出会いはいい変化をもたらす。ヨシュアを見ていると強くそう感じる。キースとの出会いはどうだろうか。キースと組んで仕事をすることで、自分の中にも変わっていく部分が生まれる気がする。

だとしたらキースも同じではないか。自分との出会いで何かが変わっていくかもしれない。願わくばそれがよい変化であってほしいと思った瞬間、自分がキースのことを、もうこれぽっちも嫌っていないことに気づいた。

生意気だし無愛想だし、まるで可愛げのない相棒だが、かつての自分と似た部分があって、理解してやりたいという気持ちは増す一方だ。

——ブルームがお前に心を開けば、ふたりはきっといいコンビになる。

いつかのマーカスの言葉を思い出した。あのときはきれい事を言われているような気分になったが、マーカスは心からそう思って言ってくれたのだろう。

「とにかく怪我のないようにな。俺たちにとって初めての大捕物だ。頼んだぞ、相棒」

キースに向き直って右手を出した。嫌がるだろうと思っていたが、案の定キースは眉根を寄せて「なんだよ、それ」とぼやいた。

「やっぱあんたって、熱血教師みたいだよな」

「握手くらいでガタガタ言うな。ほら」

手をさらに突き出すとキースは諦めたように息を吐き、ユウトの手を握った。不承不承といった態度だが、握り返してくる力は思いのほか強いものだった。

「モレイラを必ずムショにぶち込んでやる」

キースは改めて宣言した。

無茶だけはしてほしくないが、逮捕にかける意気込みはユウトも同じだけ強い。頷いてキースと拳をぶつけ合った。


ユウトが帰宅したのは九時を過ぎた頃だった。酒とコカインの痕跡(こんせき)はもう残っていないだろうと思いつつも、ディックに気づかれないかと落ち着かない気持ちになりながら、ただいまのハグとキスを交わした。

「何か食べたのか？」

「いや、食べてない。腹ぺこで死にそうだよ」

それは本当だ。キースは腹が減ったと冷凍ピザを焼いて食べたが、ユウトはディックが作ってくれた夕食を取るために何も口にしなかった。腹の虫が鳴っても我慢して食べないでいるユウトを、キースは気味悪そうに見ていた。

それにしても気が重い。ディックに内緒で危険な仕事をこなしてきたばかりか、成り行きとはいえコカインまで使用したことが、どうしようもなく心苦しかった。できれば正直にすべて話したいが、ディックが知ればどんな反応を示すかわからない。

ユウトの身に危険が及ぶことを、ディックは過剰なまでに嫌がる。彼にとって愛する者の喪失はすべての終わりを意味し、たとえ想像だけであっても耐えがたい苦痛なのだ。ディックの心を不安にさせたくないなら、湧き上がる罪の意識は抑えつけるしかない。

夕食の準備をしてくれたディックに「お前はもう食べたよな？」と確認すると、「気は進まなかったが食べた」という言葉が返ってきた。

「お前の帰りを待っていたかったが、ロブに言われたんだ。『ディック、そういうのは愛じゃない。ただの自己満足だよ』ってな」

「ロブに？　いつ言われたんだ？」

「八時頃、近くまで来たからってヨシュアと寄ってくれてな。夕食は食べたのかって聞かれて、ユウトが帰ってきたら一緒に食べるつもりだと答えたら、コナーズ博士にばっさりだ」

ディックはテーブルの向こうで苦笑を浮かべた。ロブは誰に対しても優しい男だが、たまにずばっときついことを言う。言われた側にとっては耳に痛いことがほとんどでも、批判から出る言葉ではなく、相手のためを思っての苦言だとわかるだけに、下手に反発もできない。

「気にすることないよ。俺は愛だと思ってるから」

「いや、ロブの言葉は正しい」

「そうかな？　大体、どうやって見分けるんだよ。愛か自己満足かなんて、自分でも境界線は曖昧(あいまい)なものじゃないか」

ポタージュスープをすくったスプーンを口に運びながら言うと、ディックは「見分けられる」と答えた。

「相手が喜ぶことをするのは愛で、相手を申し訳ない気持ちにさせるのは自己満足だ。俺が夕食を食べずに待っていると、お前は俺に対して悪いと思うだろう？　わかっていたが、俺はお前と一緒に食べたくて待ってしまう。完全に自己満足だよな」

ディックはおおいに反省しているようだが、ユウトにすれば笑いたくなるような会話だった。夕食を待つことくらいで、何をそんなに深く考え込むことがあるのだろう。俺の恋人はやっぱり最高に可愛い男だと再認識し、何度も再認識できることを心から幸せだと思った。

「自己満足でも愛でもなんでもいいじゃないか。確かにお前が食べずに待っていると、少し申し訳ない気持ちになるけど、俺と一緒に食べたいと思ってくれるお前の気持ちは最高に嬉しいよ。申し訳ない気持ちと嬉しい気持ち、プラマイゼロだからなんの問題もない」

　本音を言えば、ディックを待たせて悪いと感じる気持ちのほうが強かった。けれどどんな些細な選択であろうと自由に決めてほしかった。それを選んでディックが喜びを感じられるのなら、それこそがユウトにとっても正しい結果だ。

「まあ俺は俺で、先に食べてくれって言うだろうけど、待ちたいときは待って、先に食べたいときは食べてくれ。ガーリックトースト、もう一枚食べたいな。焼いてくれる？」

　ディックは嬉しそうに笑みを浮かべ、「何枚でも焼いてやる」と答えて立ち上がった。

「いや、一枚でいいよ。ところで今やってる囮捜査だけど、二日後にモレイラと取引することになった」

　今のうちに話しておこうと思い、できるだけさりげなく切り出した。ディックは冷凍庫のドアを閉め、「そうか」と呟いた。揺れる感情を呑み込もうとする抑圧の気配を感じた。

「上手くいきそうか？」

「ああ。SWATの応援もあるから心配はない。モレイラ一味はこれで終わりだ」

「成功を祈ってる。……本当に一枚でいいのか？」

　ディックがパンの袋を持って振り返る。心配な気持ちを口にすればきりがないから、余計なことは言うまいと思っているのだろう。気遣いに感謝しながら、ユウトはおどけるように明るい声で答えた。

「コナーズ博士の教えに照らし合わせると、一枚より多く焼いたら、それは愛情じゃなくお前の自己満足だな」

ディックは笑いながらオーブンにパンを一枚だけ入れた。

10

ついに取引の日がやってきた。

時間と場所が直前までわからないという特殊な状況下での仕事は、予期せぬ危険やトラブルが予想されるだけに、午後からオフィスに待機している係長のオコーネルやチームのメンバーは、いつになく緊張した面持ちでモレイラからの連絡を待っていた。

「なあ、レニックス。マジであのむっつり坊やとふたりだけでやるのか？」

運送業者に扮したロペスがそばまで来て、ユウトに小声で話しかけた。

「俺とキングも取引現場に同行するほうがいいんじゃねぇのか？　ボディーガードだって言えば大丈夫だろう」

「モレイラは用心深い。俺とキース以外の人間が来たら、取引を中止にするかもしれない。そうなったら今までの努力が水の泡だ」

「だったら俺たちは車の中に隠れてる」

「取引の前に車内をチェックされたらどうする」

取引現場に現れただけでは逮捕できない。裁判で必ず有罪に持ち込むためには、コカインと金を交換し終えたところでの確保が不可欠だ。

「けどよぉ。今回は向こうに主導権を握られすぎてる。前もってSWATも配置できないし、俺たちもどこまで近づけるかわからねぇだろ。危険すぎる」

普段はおちゃらけキャラのロペスだが、こういった作戦のときは別人のような慎重さを見せる。キングから聞いた話だが、ロペスは囮捜査で相棒を亡くしたことがあるらしい。そういう辛い経験の影響もあるのだろう。

「大丈夫だ。俺とキースに任せてくれ。フォローを頼んだぞ」

ロペスは複雑な表情を浮かべていたが、「わかった」と頷いてくれた。そこにクリストフがやってきて、「マーカスからだ」とドーナツの箱を広げた。

「昨夜、家まで見舞いに行ったら、作戦前にみんなに食わせてくれと頼まれた。マーカスは自分でドーナツを買って顔を出すと言ってたんだが、具合が悪そうだったから俺が止めた」

「マーカスのいつもの験担ぎだな。大して効果はないってわかってるけど食ってやろう」

甘いもの好きのロペスは、嬉々としてドーナツに手を伸ばした。クリストフが「それを言ってやるな」と苦笑いした。

大きな作戦の前に、マーカスがいつもドーナツを買ってきてチームのみんなに分けるのは、長年の経験からドーナツを食べて出動すると、その作戦は上手くいくというジンクスが彼の中にあるからだ。

以前、売人の家に踏み込んでマーカスが足を撃たれときも、ドーナツは食べていた。みんなで見舞いに行った際、ロペスが「ジンクス破れたりだな」と笑うと、マーカスはいつもと違う店で買ったからだと言い張り、ダンキンドーナツ以外で買うことをやめた。

「今日はマーカスがいないから、ドーナツはなしだと思ったのに」

「そこは抜かりのない男だよ。キングもブルームも来いよ。マーカスの差し入れだ」

クリストフが声をかけるとキングはすぐに立ち上がったが、キースはノートパソコンの画面を見ながら、「甘いものを食べたい気分じゃない」と素気なく答えた。

「おい、キース坊や。そいつは許されねぇぞ」

ロペスがドーナツを頬張りながら、キースをビシッと指さして言った。

「大きな作戦の前は全員でドーナツを食う。これがうちのチームのしきたりだ。すかした面してっと、一番甘いドーナツをお前の口に三つまとめてねじ込んでやる。素直に食えば好きなのを一個だ。どっちがいい？」

キースは憮然としながら立ち上がり、みんなのところに歩いてきて一番甘くなさそうなドーナツを手に取った。

「お？　なんだ、どうした？　今日はやけに素直じゃねぇか。気持ち悪いぞ」

「反抗期が終わったんだろ」

ユウトが冗談交じりに言うと、キースはドーナツにかぶりつきながら、目だけで「勝手なことを言うな」と文句を言ってきた。

「レニックスとブルームにマーカスからの伝言がある。――俺のラッキードーナツを食って作戦に臨めば、お前たちは絶対にやれる」

クリストフがマーカスの口調を真似て言った。ユウトは笑いながら幸運を呼ぶドーナツに手を伸ばした。

「それともうひとつ。ブリジットに聞いたんだが、心臓の手術を受けることになったそうだ。かなり危険な手術らしいが、元気になって現場に復帰したいというマーカスの意思を、彼女は尊重するそうだ」

クリストフの言葉を聞いて全員が黙り込んだ。沈黙の中でそれぞれの想いが交錯している。ここにマーカスがいないことを誰もが残念に思っている。

「大丈夫だ。マーカスは絶対に戻ってくる。このままリタイヤするような男じゃない」

キングが静かな声で言った。ロペスが「だな」と頷く。

正直な気持ちを言えば、ユウトはもうこれ以上、マーカスに無理してほしくないと思っていた。十分すぎるほど働いてきたのだから、残りの人生は優しい妻とのんびり暮らしてほしい。しかし同時に、刑事としての人生をまっとうしたがっているマーカスの想いも、痛いほど理解できた。

「今日の作戦が成功したら、全員でマーカスを見舞おうぜ」

ロペスが提案した。ユウトは「そうしよう」と頷き、手に持ったドーナツを口に運んだ。最高にいい考えだ。夜にはみんなでマーカスを囲み、今日の捕り物がどんなだったか詳細に話すことにしよう。マーカスは自分が参加できなかったことを悔しがるに違いないが、ドーナツのおかげで何もかも上手くいったと慰めてやろう。

午後二時ちょうどに、ユウトが持っている捜査用の携帯が鳴った。着信番号はモレイラの部下、カミロのものだった。

ユウトが「来たぞ」と通達すると、全員が即座に自分のデスクについてイヤホンを装着した。課長のブライリーもガラス戸の向こうでイヤホンを耳につけている。

全員が聞いているのを確認してから、ユウトは通話を開始した。

「カミロか？　待ちくたびれたぞ」

「悪かったな。今から取引の場所を伝えるぞ。ウエスト・ドラン・ストリートにある今は使われていない車の整備工場に来てくれ。ゲイリー・オートサービスという看板が出ている。ベンチュラ・フリーウェイの高架そばで、裏にロサンゼルス川が流れている。時間は午後三時きっかりだ。あんたとゴード以外の誰かが来れば、取引は即中止にする」

「わかった。ふたりだけで行く。モレイラによろしく伝えてくれ」

通話が終わると、ブライリーが険しい顔つきで自分のオフィスから飛び出してきた。

「一時間しかないぞ！　私はＳＷＡＴと打ち合わせをしてくる。オコーネル、頼んだぞ」

ユウトたちは集まって指定された場所を地図で確認した。市警本部からはざっと十マイル。フリーウェイを使えば十五分ほどの距離だ。指定時間までには無理なく到着できるだろう。

「あの辺りはスクラップ工場や倉庫しかない寂れた界隈(かいわい)だ。万が一、銃撃戦になっても一般人が巻き込まれる可能性は低い。ただし大きな問題がある」

ＬＡの地理を知り尽くすキングが、腕組みしながら言った。

「周囲に高いビルがないのか？」

ユウトの問いかけに、キングは「そうだ」と頷いた。

「ＳＷＡＴの狙撃手(そげきしゅ)たちは、身を隠す場所を確保できないかもな」

「十分な時間がないことも問題だ」

ロペスが机を叩(たた)いた。

「与えられた状況で最善を尽くすしかない。レニックスとキースは車に行って待機しろ。他の者はすぐに出発だ」

オコーネルの指示が飛び、チームは慌ただしく動きだした。キングとロペスは運送業者になりすまし、貨物トラックに乗り込んで取引現場の近くで待機し、クリストフと応援のＳＷＡＴ隊員数名はその荷台に隠れる手はずになっている。

ユウトはシャツの上に装着したショルダー型のガンホルスターに、スミス&ウェッソンM&Pを差し込んだ。最近新しく配備されたピストルだが相性は悪くない。ジャケットを羽織って見えないようにボタンを留め、キースと共に麻薬課のフロアを出た。

特殊車両を管理している部署でコカインを積んだ車両のキーをもらい受け、その足で地下の駐車場へと向かう。午前中にも確認したが、念のためバンのバックドアを開けて再度荷物をチェックした。三十個のコカインブリックが、三つの段ボール箱にぎっしりと収まっていた。

「いよいよだな」

助手席に乗り込んで声をかけた。キースは運転席でシートベルトを締めながら思い出したように、「反抗期って言うな」とユウトをにらんだ。

「大して年も違わないのに、俺をガキ扱いしないでくれ」

「尖(とが)っていることを格好いいと思ってるうちは、まだガキなんだよ」

「格好いいなんて思ってない。無愛想なのは生まれつきだ」

「愛想を振りまく必要はないが、敵意を向けてこない人間にはもっとフラットに接しろ。無駄な敵をつくれば自分が損するだけだ。……お前を見てると昔の自分を思い出す」

キースは「俺とあんたは似てない」と鼻先で笑った。

今の自分はキースの目にどう映っているのだろう。誰とでも上手くそつなくつき合える、優等生タイプの真面目な警察官といったところか。もちろんそれも間違いではない。

「俺は昔、ＤＥＡにいたんだ。その頃は誰に対しても無愛想で孤立していた。媚（こ）びるくらいなら、ひとりでいるほうが気が楽だと思ってたからな。新人のくせに鼻っ柱が強くて生意気で、同僚たちに嫌われていた。でも相棒のポールだけは、未熟だった俺を受け止めてくれた。俺がすぐ勝手なことをするから喧嘩（けんか）もよくした。お前はなぜ他人を信用しないって何度も叱（しか）られたよ。ポールのおかげで俺は捜査官として一人前になれた。けど、そういった気持ちは彼に伝えられなかった」

　ユウトが口を閉ざすとキースは結末を察した。

「死んだのか？」

「ああ。麻薬組織の一味に殺害された。囮捜査の逆恨みだ。そいつはご丁寧に俺の指紋がついたナイフでポールを刺し殺した。はめられた俺は殺人罪で有罪判決を受けて、まんまと刑務所送りになった」

　キースが驚きの眼差しを向けてくる。話しすぎた。ポールのことだけで済ませるつもりだったのに、つい口が滑ってしまった。

「まあ、その話はどうでもいいんだ。無罪が証明されて半年ほどで釈放されたしな。俺が言いたいのは、もっと賢く立ち回れってことだ。自分から孤立を選ぶな。ひとりは気楽かもしれないが、孤独は絶対にお前を助けてくれないぞ。……やっぱり俺は熱血教師だな」

　苦笑して軽く頭を振った。大事な作戦の前に言うべきことではなかったかもしれない。

「まったくだ。俺はあんたとは違う。だから同じようにはなれない。けど、もう少し大人になる努力はしていこうと思う。これ以上、あんたにガキ扱いされたくないからな」

思いがけず前向きな言葉が返ってきて驚いた。まじまじと横顔を見つめていると、ユウトの露骨な視線がかんに障ったのか、怖い顔でにらまれた。

「何見てんだよ」

「お前が急にいい子になったから感動してるんだよ」

「そういう言い方はやめろって言ってるだろ。あんたは――」

キースの文句を遮るようにオコーネルから無線が入り、出発の指示が下った。与太話は終了だ。ユウトはキースに「行け」と告げた。

コカインを積んだバンはダウンタウンを出て、110号線に入った。街はいつもどおりに賑わい、晴れ渡った青空の下をたくさんの車が行き交っている。この時間帯だからさして渋滞もなく、車は順調に進んでいく。

街の様子が平和であればあるほど、ユウトの緊張は高まる一方だった。徐々に胃の辺りが重苦しくなってきた。気を紛らわせるために何か別のことを考えようと心の中を探っていると、自然と昨夜のディックの様子が頭に浮かんだ。

ディックはベッドに入ってから、ユウトの手をずっと握りしめていた。眠りに落ちたあとも握り続け、さすがに汗ばんできたし寝返りも打てないので、起こさないようにそっと手を引き抜いた。

ディックが瞬きしたのですかさず手を握ったら、再び感じたユウトの温もりに安心したのか、また穏やかな寝息を立て始めた。ひとりにされることを恐れる赤ん坊のようだと思ったら、最初は微笑ましい気持ちになったが次第に切なくなった。

自分の危険な仕事が、ディックをどれだけ不安にさせているのだろう。人があまりにも簡単に死んでしまうことを、ディックは誰よりもよく知っている。今そこにあった命が一瞬で消え去る現実を、数え切れないほど間近で見てきた男だから、常に喪失を想像して生きている。

ディックを安心させてやりたい。彼のために安全な職業を選んでやれればいいと思う。しかしユウトは刑事の仕事にやり甲斐を感じている。辞めたくはない。

パートナーを尊重することは大事だが、問題を遠ざけるために自分の本心を殺して生きるのは、ユウトにとって正しい選択ではない。まず自分という人間があってこそ、人生は大きな意味を持つはずだ。相手のために自分らしさを捨てても、そこから得られる円満や平和はきっと表面的なものでしかないだろう。

育ちも性格も生き方も価値観も違う人間同士が、人生を共にするのだ。何もかもがすんなり上手くいかなくても仕方がない。反発や衝突や諍いは当然あって、けれどそれを乗り越えていくことで絆は深まっていくのではないだろうか。理想主義かもしれないが、ユウトはそう信じている。

今の自分にできることは、ひとつしか思いつかない。この作戦を無傷で終え、今夜家に帰ったらディックを思いきり強く抱き締める。ただそれだけだ。

ディックのことを考えたせいか緊張がほどけてきた。よし、と息を吐いたとき、無線からオコーネルの報告が入った。

「キングたちが整備工場の隣にあるスクラップ会社で待機を開始した。ターゲットはまだ到着していないようだ」

「了解。こちらもあと五分ほどで到着する」

無線の交信を終えたユウトの耳に、キースの口笛が聞こえた。このメロディは確か『ビビディ・バビディ・ブー』。魔法使いがシンデレラに魔法をかけるときに流れる有名な曲だ。

「口笛とはのんきだな。しかもお前がアニメの歌とは」

「マーカスがドーナツを食うように、この歌を口笛で吹くのは俺のジンクスなんだ。それに緊張が紛れる」

「へえ。お前でも緊張するのか?」

「当然だろ。俺をなんだと思ってる」

「強気で恐れを知らないワイルド・ディテクティヴだと思ってたよ」

ユウトのからかいにキースは動じず、真面目な口調で言い返した。

「強気にならなきゃ、こんな仕事やってられないだろ。今から防弾ベストもなしで、やばい連中を逮捕しにいくんだ。向こうはマシンガンだって用意しているかもしれない」

その言葉を聞けて安心した。無茶など屁とも思っていない向こう見ずなタイプに見えるが、正しい恐怖心は持っている。

「けど、なんで『ビビディ・バビディ・ブー』なんだ？」

「死んだ叔母がシンデレラのアニメが好きでよく見てたから、この曲が頭の中に染みついちまった。大酒飲みのくせに乙女チックな女で、いつか自分のところにも白馬に乗った王子さまが現れるって本気で信じてた」

皮肉な言い方だが、声には愛情とも哀れみともつかない響きが含まれていた。

「好きだったんだな。叔母さんのこと」

キースは肩をすくめただけで何も言わなかった。父親を失い、引き取ってくれた叔母も亡くした孤高の男。ディックもそうだが身寄りのいない寂しさは、きっと当人にしかわからない。

車は広い通りを曲がり、倉庫や小さな工場が建ち並ぶ一画に入った。通りかかったスクラップ工場の敷地内に、運送業者にカモフラージュした警察のトラックが駐まっている。運転席にキング、助手席にはロペスが乗っていた。視線だけを絡めて通り過ぎる。

整備工場は通りの突き当たりにあった。最近まで営業していたのか、建物やガレージはそれほど古びていない。フェンスの向こうにフリーウェイが走っていて、その高架下には雑草が生い茂る空き地が広がっていた。

「三時になった」

ユウトが腕時計を見ながら告げると、キースは「遅刻かよ」とぼやいた。

ＳＷＡＴはどこにいるのだろう。ここから確認できる範囲に彼らの影は見当たらない。もっとも姿が見えたら困るのだが。

十分ほど待ったがモレイラたちは現れなかった。不安が湧いてくる。警察の気配を察知して引き返したのか？　それとも何かトラブルでも生じて――。

オコーネルに連絡を入れようとしたそのとき、ユウトの携帯が鳴った。カミロの番号だ。ユウトは通話をスピーカーにして電話に出た。

「カミロ、どうなってる？　大事な取引なのに遅刻はないだろ」

「すまないな、ユージン。問題が発生した」

聞こえたのはカミロではなく、モレイラ本人の声だった。

「俺の部下がその辺りを見張っているんだが、お前たちが到着する少し前、隣の会社に運送会社のトラックが入ってきたそうだが、そのトラックが怪しいというんだ」

舌打ちしたい気分だった。なぜ気づかれたのだろう。

「なんのことだ？　そんなトラック、こっちにはなんの関係もない。俺はちゃんとブツを持ってきたんだ。あんたも早くここに来て金を渡してくれ」

「悪いが俺は慎重な男でね。万が一、お前たちが警察にマークされていたら大変だ。お前らだって困るだろう？　取引場所を変更する。これから言う場所に来てくれ。もしその怪しいトラックが動きだせば、この取引は中止だ」

「モレイラ、勝手なことを――」

「そこを出たらベンチュラ・フリーウェイに乗って東に向かえ。途中で二号線の分岐に入り北進し、本線に入ったら電話をかけろ。次の指示を出す」

電話は切れた。ユウトは思わずダッシュボードを叩いた。

「くそ、振り回しやがって」

「モレイラは囮捜査だと疑っているのか？」

「念のための措置だろう。疑っているなら取引を中止にするはずだ。――どうする？」

ユウトは首を曲げ、キースの目を見つめた。キースは数秒ユウトを見つめ返し、ふっと息を吐いて唇の端をゆがめた。

「あんたってずるい男だな。自分の心は決まってるくせに、俺に決めさせようとしてる。ここでやめるわけがないだろ」

ユウトは無線機のレシーバーを掴み、「取引場所が変更になった」とオコーネルに告げた。

「モレイラの部下がここを見張っていて、キングたちのトラックを怪しんでいる。トラックが動けば取引は中止にすると言ってきた。待機を命じてくれ」

「わかった。新しい取引場所はどこなんだ？」

「まだはっきりしない。二号線に入ったら次の指示が与えられる。わかり次第、連絡する」

ユウトが無線を切った瞬間、キースはシフトレバーをバックに入れ、アクセルを強く踏み込んだ。同時にハンドルを大きく切る。強引な方向転換に身体が倒れそうなほど左右に揺れた。走りだした車の中からスクラップ工場に目をやると、トラックに乗ったキングとロペスの視線があった。

言葉はなくても彼らの気持ちはわかっている。ユウトは頷きを返した。


車はフリーウェイをひた走り、二号線の本線に入った。カミロの番号に電話をかけると、またモレイラが出て次の指示を与えてきた。

「そのまま走ってエンジェル・クレスト・ハイウェイを進め。丘陵地帯に入ってしばらく行くと、右手に『この先、七マイルはヘッドライト点灯』という看板がある。そこから十マイルほど走ると、左手に未舗装の道路がある。木製の朽ちた看板が出ているからわかるはずだ」

「そこはどこなんだ」

「閉鎖されたキャンプ場だ。金を用意してそこで待ってる。必ず四十分以内に来い」

指示された内容をオコーネルに無線で伝えると、車を乗り換えたキングたちがあとを追っているから、キャンプ場に通じる道の前で待機しろと指示された。

次第に山が深くなってきた。高度が上がり、何度か見晴らしのいいカーブを越える。プライベートで来ていれば楽しい場所だろうが、今は景色を楽しめる心境ではない。

「キャンプ場の看板ってあれじゃないか？」

大きなカーブを越えたところで、キースが前方を指さした。左に細い道があり、その手前に古びた木製の看板が上がっていた。ペンキの色は剝げて判読は難しいが、かろうじてキャンプグラウンドという文字が見て取れる。

「入り口が閉鎖されているぞ。中に入れない」

「いや、鍵はかかっていないようだ。俺が降りてゲートを開けてくる」

フェンスのゲートに取り付けられた南京錠は施錠されていなかった。ユウトがゲートを押し開くと、キースはバンを侵入させて停止した。再び車に乗ったユウトは、キャンプ場入り口に着いたことをオコーネルに報告した。

すぐに応援が来るだろうと考えていたが、オコーネルから予想外の言葉が返ってきた。

「問題が発生した。山に入ったところで大型トラックが横向きに駐まって道を塞いでいる。運転手がいないうえ、キーも抜かれていて移動できないそうだ。レッカーを手配したが、しばらくは動けない」

ユウトとキースは思わず顔を見合わせた。モレイラの妨害だろうか。

「キングたちは迂回させて別のルートで向かわせる。お前たちはその場で待機しろ」

「待っていたら時間までに到着できない。取引は中止になる」

「お前たちだけで行かすわけにはいかない。危険すぎる」

「取引さえできれば、あとはどうにでもなる」

隣からキースが身を乗り出してきて、「ここまできて連中を逃がすつもりか？」とオコーネルに嚙みついた。

「オコーネル、頼む。取引が済んだあとで確保しても大丈夫なはずだ。俺とキースを行かせてくれ」

ユウトが強く訴えるとオコーネルはうなって沈黙した。ユウトたちの身の危険。取引が中止になり、モレイラたちを逮捕できない失態。コカインを奪われて逃亡される危惧。指揮官であるオコーネルの頭の中では、あらゆるものが天秤にかけられているはずだ。

「……わかった。行け。ただし少しでも身の危険を感じたら、ロス市警であることを示して逮捕しろ。取引が中止になっても構わない。何より大事なのは君たちの身の安全だ」

「ありがとう、オコーネル！」

無線を切り、ユウトとキースは手のひらをぶつけ合った。

「ついに本番が来たな」

「ああ。だがキース、無茶だけはするなよ」

「それはこっちの台詞だ」

キースがアクセルを踏み込んだ。ここから先はキースとふたりきりだ。仲間のフォローもSWATの応援も期待できない。

しばらく行くと道は下り坂になり、やがて木々に囲まれた開けた場所に出た。舗装はされていないがキャンプ場の駐車場だろう。

一番奥まった場所に黒塗りのワゴンが横向きで駐まっていた。その向こうに白いセダンが止まっていたが、ユウトたちがいる場所からはボンネットの一部しか見えず、車種などはわからなかった。

適度な距離を開け、ワゴンと平行になるように車を駐めた。ユウトとキースが外に出ると、ワゴンの後部シートのドアが開き、スーツ姿のモレイラが現れた。一緒に降りてきたのはカミロとクロウ、他は初めて見る二名の男たちだった。

「ようやく会えた。あんたの用心深さにはうんざりするよ」

「敵が多いものでね。静かでいいところだろう？　ここなら誰にも邪魔されない。大事な取引にはもってこいの場所だ」

「さっさと取引しよう」

ユウトはバンのバックドアを開け、荷台を示した。

「約束のブツだ」

モレイラが顎を振るとカミロが近づいてきた。荷台の段ボール箱をすべて開け、中身を丁寧に確認したうえで「問題ありません」とモレイラに報告した。

「よし。クロウ、金を」

黒いサングラスをかけたクロウは、車の中から銀色のアタッシェケースを出してきて、ユウトのところまで運んできた。受け取ったユウトはそれを地面に置き、留め金を外して蓋を開けた。百ドル紙幣の束が百個、整然と並んで収まっていた。

安堵の息が漏れそうになったが、ここからが本番だ。向こうがコカインを運び出したタイミングで、ユウトとキースは銃を抜いて警察であることを示す手はずになっている。

ユウトは蓋を閉めたアタッシェケースをキースに渡し、「問題ない。確認できた」とモレイラに頷いてみせた。

「では、そちらの荷物をいただこうか」

モレイラの言葉を受け、カミロとクロウが段ボール箱を抱えて運び出す。残りの二名は動かない。いつでも攻撃できるように待機しているのかもしれない。

危険だが仕方ない。向こうより早く銃を抜いて銃口を向ける。対処方法はその一択だ。

「次の取引が楽しみだな」

モレイラが喋りながら煙草を出した。ライターを探すそぶりでポケットを探っている。ユウトはキースに目配せした。

——やるぞ。

——ああ。

無言の会話を交わし、ふたりが今まさに銃を抜こうとしたそのときだった。

「動くな」

静かなモレイラの声。その手にはライターの代わりに、オートマチックのピストルが握られていた。モレイラは銃口を向けながら、いつもの物憂い表情でユウトたちを見ている。モレイラの動きに合わせ、背後に立つふたりの男たちも銃を構えた。

カミロは何事も起きていないかのような態度で、淡々とコカインを積み替えている。クロウはキースの手から金が入ったアタッシェケースを奪い取った。

「銃を向けられたときはどうするんだ？　いちいち言わせないでくれ」

両手を上げたユウトとキースを見て、モレイラは「いい子だ」と小さく頷いた。

「どういうことだ。最初から裏切るつもりだったのか？」

ユウトの質問にモレイラは、「ぎりぎりまで迷ったんだがね」と残念そうに首を振った。

「お前たちは警官ではないようだが、どうも信用できない。取引は中止だ」

「だったらコカインを返せっ」

キースが吠えた。モレイラは「なぜ？」と小首をかしげた。

「今から死ぬのにもう必要ないだろう。天国にドラッグは持っていけないぞ」

モレイラの銃口はユウトの額を捉えていた。この距離だ。モレイラは外さないだろう。だからといって、みすみす殺されるわけにはいかない。

斜め後ろにキースがいる。うなじの辺りがピリピリするのは、きっとキースのせいだ。痛いほどの視線を感じる。

この男は今、俺の反応を全身全霊で窺っている。俺が動いた瞬間、同時に銃を抜いて戦うだろう。

それは理屈ではなく本能的な察知だった。根拠などないが確信に満ちていた。だから連携が取れないのでは、という不安は微塵もなかった。

しかしふたりが動きだす前に、思いもよらないことが起きた。

「モレイラ、やめろ！　撃つんじゃないっ」

ワゴンの陰から出てきた人物を見て、ユウトの頭は激しく混乱した。

これはどういうことだ？　なぜ彼がここにいる？

「銃を下ろせ。コカインを奪うだけで十分だろう」

モレイラの背後に立った男は、その手にリボルバーを握りながら言い放った。銃口を向けられたモレイラは首だけを曲げて男を振り返り、「マーカス、なんの真似だ？」と尋ねた。

「誰も殺す必要はないと言ってるんだ。そいつらを逃がしてやれ」

ノーネクタイのワイシャツにジャケット姿のその男は、ユウトがよく知るベン・マーカスだった。自宅で療養中のはずのマーカスが、なぜモレイラたちと一緒にいるのだ。

「……急に取引現場に同行したいと言い出したときから、変だとは思っていたんだ。お前はさっきこいつらを見て警察官じゃないと断言したが、やはりこれは囮捜査なんだな。だからこいつらを庇おうとしている。同僚なのか？」

「そいつらのことなど知らん。俺はただ無用の殺しに加担したくないだけだ。おい、動くなっ。全員銃を地面に投げて両手を上げろ！　少しでもおかしな真似をしたら、ボスが死ぬことになるぞ」

モレイラの四人の部下たちは、それぞれ銃を地面に置いて両手を上げた。

「モレイラ、お前も銃を置け」

「なあ、マーカス。お前は自分のしていることをわかっているのか？　これは許しがたい裏切り行為だぞ。いくらお前でも取り返しがつかない。俺たちの信頼関係は完全に崩れた」

悲しげな表情でモレイラが嘆いてみせる。マーカスは苦々しい笑みを浮かべた。

「信頼関係だと？　そんなものは最初からありゃしない。俺とお前は互いに利用しあってきただけだ。俺が流したドラッグディーラーや密売組織の情報を利用して、お前はコカインマーケットでのし上がってきた。俺は見返りに金をもらった。それだけの薄汚い関係だろ」

「悲しいよ、マーカス。俺は友情を感じていたのに。お前にはよくしてきたつもりだ。なのに俺のことも、あいつらみたいに――ゴメスやチョンのように撃ち殺すのか？」

ユウトの胸に衝撃が走った。今、モレイラはなんと言った？　マーカスがゴメスとチョンを殺したと言ったのか？

ユウトは信じられない気持ちでマーカスを見つめた。マーカスの表情は動かない。ただひどく疲れたような顔で銃を握っている。

「ゴメスを殺したのは確かに俺だが、あれはお前にやらされたんじゃないか。お前はあいつが管理していた大量のコカインを横取りするために俺を脅した。ゴメスを始末しないと俺の汚職を警察にばらすと言ってな」

「そうだったかな？　てっきり大金に目が眩んで、俺の依頼を引き受けてくれたものだと理解していたよ。お前には可愛い孫娘の手術費用が必要だったからな。けどチョンはどうだ？　あれはお前が勝手にしたことじゃないか。俺が知らないとでも思ったのか？　なぜ奴を殺した？」

「殺すつもりなんてなかった。チョンは俺がお前と通じていることを知っていた。念のために口止めしに行ったら、あいつは自分の罪を軽くしろと要求してきた。そんなことはできないと突っぱねたら揉み合いになり、首を絞められたんだ。殺されると思って俺は……」

「撃ったんだな。俺がゴメスを殺るのに使えと渡したその銃で。言い訳したところでお前がふたりを殺した殺人犯なのは、どう転んでも事実じゃないか」

「だまれ。無駄話はもう終わりだ。早く銃を置け。このふたりは解放して——うっ」

マーカスが顔を歪ませ、手で胸を押さえた。指先はぶるぶると震え、シャツを引き裂かんばかりに強ばっている。発作が起きたのだ。

モレイラがその隙を突かないはずがなかった。異変に気づくやいなやユウトたちに向けていた銃口をマーカスに向け、躊躇なく引き金を引いた。

静かな山間に二発の銃声が響き渡った。マーカスの身体は前のめりに崩れ、頭から地面へと倒れ込んだ。

ユウトとキースはほぼ同時に動いて銃を握った。しかし機敏な動きを見せたのは、モレイラの部下たちも同じだった。地面に落ちた銃を拾って発砲してきた。

撃ち合いが始まった。ユウトとキースはバンの背後に逃げ込み、向こうはワゴンの陰に身を隠した。車を楯にしてキースと交互に発砲を繰り返した。マーカスは車と車の間で倒れたまま動かない。駆けつけてやれない焦りに心が悲鳴を上げる。

「くそっ」

キースが左手の二の腕を押さえ、地面に尻を落とした。指の隙間から血が流れている。

「撃たれたのか?」

「かすっただけだ。手を止めるな」

頷いてユウトは再び銃を構えたが、頭を出す前に激しい銃声音が地鳴りのように響き、バンの窓が粉々に破壊された。

砕け散ったガラス片が降り注いでくる。ユウトは反射的にキースの上に覆い被さった。

「……まじでマシンガンをぶっ放してきやがった」

耳元で聞こえたキースの声は笑いを含んでいた。ユウトは顔を上げて「まずいな」と答えたが、自分も笑っていた。開き直りではないが、笑わずにはいられないほどやばい状況ということだ。

そんな場合ではないと知りつつ、ユウトは言った。

「これってあれだな。『明日に向って撃て！』のラストシーンみたいだ」

「そんな古臭い映画見てねぇよ。で、どうする？　ブッチとサンダンスみたいにふたりで飛び出すのか？」

苦痛に顔を歪めながらも、キースがにやりと笑った。マシンガンの発砲がまた始まった。

「見てるじゃないか。俺はあの木陰に飛び込む。援護してくれ」

一カ所にいては駄目だ。ユウトが木立の中に移動できれば三角形になる。向こうの攻撃が分散される分、反撃もしやすくなるはずだ。

「危険すぎる。……けど、それしかないか」

キースは不満そうだったが、選択の余地がないことも理解していた。

「マガジンを交換したら行く」

ピストルの弾が尽きかけている。ユウトは車体に背中を預けながら空になったマガジンを抜き、ポケットから出した新しいマガジンを挿入した。

もしここで自分が死ねば、ディックがどれだけ悲しむだろう。自分亡きあと、誰が彼を支えてやれるのだろう。

短い動作の間に、様々な想いが浮かんでは消えていく。しかしマガジンの取り替えが終わった瞬間、ユウトはすべての雑念を振り払った。

考えるのはよそう。今は生き抜くことだけに集中するんだ。

「三つ数えたら飛び出す。援護しろ」

「わかった。頼むから死ぬなよ。あんたに何かあったら、俺はあのハンサムなゲイ野郎に殺される」

キースの泣き言にユウトは薄く笑い、そして表情を引き締めた。

「――スリー、ツー、ワン、行く(ゴー)ぞ!」

ユウトが車の陰から飛び出すのと同時に、キースが援護射撃を開始した。少し離れた木立を目指して、ユウトはこれ以上ないというスピードで駆けた。どういうわけかマシンガンの連射は襲ってこなかった。キースの牽制(けんせい)のおかげだろうか。

茂みの中に飛び込み、太い木の陰に身を隠す。やった。成功した。

息を切らしながらモレイラたちの様子を窺った。どうしたことか銃声は完全に止んでいる。妙に静かだ。

よく見るとワゴンの向こう側に、倒れた男の足が見えていた。ズボンの色からカミロの足のように思える。キースがやったのだろうか。

他の奴らはどうした？　なぜ急に攻撃が止んだ？

ユウトは木々の中を慎重に移動して、ワゴンの反対側が見える位置まで来た。倒れていたのはやはりカミロだった。血だまりの中に臥（ふ）している。ふたりの部下も地面に倒れたまま、ぴくりとも動かない。

モレイラとクロウもそこにいた。ふたりは生きていたが、予想外の事態が起きていた。両腕を上げて立つ男と、銃を突きつけている男。前者はモレイラで後者はクロウだ。クロウが自分のボスに銃を向けている。

何が起きているのだろう。まさかこんなときに仲間割れか？

「今日は驚くことばかりだ。マーカスに続いて、お前にまで裏切られるとはな。お前も刑事だったのか？　それともＦＢＩか？」

モレイラの声が聞こえた。その横顔には本気の困惑が見て取れる。

「どちらでもない。俺がお前の下で働いていたのは、お前がゴメスを殺し、あいつが管理していたコカインを横取りしたのかどうか知るためだ。さっきのマーカスとの会話ですべてわかった。もうお前に用はない」

淡々とした声だった。クロウが何者かわからないが、本気でモレイラを撃とうとしていることだけは理解できた。

「お前はゴメスの部下だったのか？」

「いいや。アントニオ・ゴメスが俺の部下だった」

クロウの答えを聞いて、モレイラは手を上げたまま微笑んだ。

「なるほどな。昔、フェイバーが言ってた。俺が手を組まないかと持ちかけたとき、自分のバックにはコロンビア系の組織がついている、組織の許可なく勝手な真似はできないとな。フェイバーが殺されたあと、後釜にすんなりゴメスが座ったから、きっとゴメスはその組織の人間なんだろうと踏んでいたが、陰にお前がいたってわけか。それにしても、部下のためにこんな真似を？　随分と奇特な男だな」

「ゴメスは単なる部下じゃない。コロンビアで一緒に育った兄弟だ」

「兄弟ね。だから復讐（ふくしゅう）のために半年近くも、じっと我慢していたのか？　お前は有能な男だと思っていたが、やはり俺の目に狂いはなかった。その慎重さと我慢強さは賞賛に値する。なあ、クロウ。ゴメスを殺したことは謝る。あれは不幸な事故だった。手を組もうと何度も誘ったのに、ゴメスは俺の申し出を拒絶した。俺とゴメスが組めば、LA、いやカリフォルニアのコカインマーケットを牛耳ることができたのに、あいつはビジネスの才能がなかった」

「どう言い訳しても無駄だ。俺は自分の兄弟を殺した奴を許さない」

おおよその状況は呑み込めた。クロウはゴメスを殺したのがモレイラだとにらみ、その証拠を摑むために部下として組織に潜り込んでいたのだ。そしてさっきのマーカスとモレイラのやり取りで確信を得て、復讐を実行に移した。

　モレイラを殺させるわけにはいかない。ユウトは茂みの中から飛び出した。

「ロス市警だ！　銃を下ろせ！」

　銃を構えながらクロウに向かって叫んだ。クロウは振り向きもせず、「邪魔をするな」と言い放った。

「悪党が悪党を殺すだけだ。お前たちの仕事も減って助かるだろう」

「悪党だから殺していいなんて道理はない。どんな悪党だろうと逮捕して法の裁きを受けさせる。俺の目の前で人殺しはさせないぞ。銃を地面に置け」

　クロウは首を曲げてユウトを見た。何が可笑しいのかうっすら微笑んでいる。ユウトはゆっくりと近づきながら、モレイラに銃を向け続けるクロウに三度警告した。

「従わないならお前を撃つしかない」

「……わかった。銃を置く」

　クロウは銃を地面に置き、両手を上げた。

「よし。地面で腹ばいになって頭の後ろで手を組め。モレイラ、お前もだ」

　ふたりが指示に従ったのを確認して、さらに足を進めた。クロウからは訓練を積んだプロフェッショナルの匂いがする。慎重に接しなければと注意しながらワゴンのそばまでいくと、キースの声が聞こえた。

「レニックス！　一体どうなってるっ？」

「ワゴンの裏にいるっ。こっちは大丈夫だ。オコーネルに連絡を入れて、マーカスの容態を見てくれ！」

クロウに手錠をかけるため、ズボンの尻ポケットに左手を入れたときだった。背後で乾いた銃声が響き、同時にワゴンの窓が割れた。

振り返ると腹から血を流したカミロが立っていた。あれだけ出血してまだ動けたのか。ユウトは素早く銃口を向けたが、撃つ必要はなかった。

最後の一撃で力尽きたのだろう。カミロの目はすでに焦点を失い、糸の切れた操り人形のようにその場に崩れ落ちた。

カミロの思わぬ乱入のせいで、モレイラたちへの注意が削がれたのがまずかった。人の動く気配を感じて振り返ると、モレイラがセダンの運転席に乗り込もうとしていた。それはマーカスの車だった。

「止まれ！　撃つぞ！」

モレイラはユウトの警告に従わず、ドアを閉めて車を急発進させた。ユウトはタイヤめがけて立て続けに発砲した。一発が後輪にヒットしたものの、モレイラはパンクなどものともせず、走り去っていく。

駄目だ。逃げられる――。

諦めかけたユウトの耳に金属音が届いた。見なくてもわかる。銃のコッキングレバーを引く音だ。振り向くとアサルトライフルを構えたクロウが、斜め後ろに立っていた。

「おい、よせっ」

ユウトの制止を無視して、クロウは立て続けに引き金を引いた。ひときわ大きな銃声が何度も轟いたあと、モレイラの乗ったワゴンは突如、制御を失った。駐車場を出て道を走り始めていたが、吸い寄せられるように崖下へと転落した。

斜面を転げ落ちていく車を見て、クロウは満足げに頷いた。

「銃身を摑んでこっちに渡せ」

銃口を向けながら告げた。ライフルで撃たれたらひとたまりもない。少しでも不穏な動きを見せれば、その場で射殺するつもりだった。

「俺の目的は果たされた」

クロウは素直にライフルをユウトに渡した。安堵の息を吞み込んだとき、キースの声が聞こえた。

「レニックス！　来てくれっ。マーカスが……っ」

切羽詰まった響きに気持ちが急いた。クロウの右手に手錠をはめ、反対をワゴン車内の手すりにかけて、その場から動けないようにした。

「すぐ戻る。大人しくしてろよ」

「ゴメスは俺の兄弟だった。あの人を知る兄弟は残り少ない。寂しいものさ」

何を言っているのかさっぱりわからない。無視して歩きだすとクロウがまた喋った。

「あの人はお前を特別に思っていた。なぜだろうな」

「なんの話だ」

犯罪者の戯言だと切り捨ててキースのもとに急いだ。キースは上半身が裸だった。丸めた自分のTシャツで、マーカスの腹を押さえつけている。白いTシャツは血を吸って赤く染まっていた。

「さっきまで意識があったんだ。どうすればいい？」

青白いマーカスの顔を見て、あのときと同じだと思った。太腿を撃たれ、大出血を起こして意識を失ったマーカス。あのときはユウトがマーカスの足を縛り、止血した。

「ベン、しっかりしろ。あんたはこんなところで死ぬ人間じゃないだろ。目を開けてくれ。頼むから俺を見てくれっ」

祈るような気持ちでマーカスの名を呼んでいると奇跡が起きた。瞼が開いた。

「……すまない、ユウト。俺はモレイラに情報を流して、見返りに、金を受け取っていた。だが、今回の囮捜査は、漏らしていない……。あいつは冷酷な男だから……お前たちが心配で、それで一緒に……」

「ああ、わかってる。俺とキースを守るために、そんな身体で来てくれたんだろう？」

「チョンのことは、本当に悪いことをした……。刑を軽くすることは、できないと言ったら、あいつはお前に、何もかもぶちまけると言って、電話をかけようとした。止めようとして、揉み合いになって――。俺は、俺は最低の警官だ。みんなを、騙して……」

苦しげな息だった。今にも命が途絶えてしまいそうで恐ろしくなり、ユウトは夢中でマーカスの手を強く握りしめた。

「いいよ、もういいんだ。あんたはエマが可愛かっただけだ。あの子のために金が必要だったんだろ？ だからつい誘惑に負けてしまった。俺にはわかってる。あんたは間違ったかもしれないけど悪人じゃない。よき警察官でよき夫でよき父親だ。それから最高にいいおじいちゃんだよ。なあ、ベン。あんたの差し入れのドーナツ、俺もキースもちゃんと食べてきたぞ。あんたのラッキードーナツ、最高に効くからな」

マーカスは淡い笑みを浮かべた。光を失いつつある瞳に、透明の雫が満ちていく。

「お前は、真面目なくせに、誰よりも情に厚い。そういうところが、心配でならん。……キース、ユウトを頼んだぞ。お前たちの成長を、楽しみに、してる。俺は、俺は……」

駄目だ、こんなのは駄目だ。この人はこんな場所で、こんな形で死ぬべき人じゃない。

「ベン、頑張ってくれ！ エマのために頑張るんだ……っ」

マーカスの目から涙が溢れた。微笑むような表情で何もない場所を見ている。

「……ああ、エマ、そこにいたのか。エマ、こっちにおいで。おじいちゃんのお膝に――」

マーカスの苦しげな呼吸が止まった。上下していた胸はもう動かない。

ユウトとキースは何度も彼の名前を呼び、心臓マッサージを施したが、おびただしい出血量からわかっていた。

何をしたところで彼は戻ってこない。

ベン・マーカスは目を開けたまま、この世を去った。晴れた空を心地よく眺めているような、穏やかな死に顔だった。

11

出かける支度を済ませてリビングに行くと、朝の散歩から戻ったディックがユウティに朝ご飯を与えていた。

「もう行くのか？」

「あと十分くらいしたら出る。コーヒーを飲むよ」

ディックは俺が淹れてやると言ってキッチンに立った。椅子に座って食欲旺盛なユウティを眺めていると、ふたつのカップがテーブルに運ばれてきた。

はす向かいに腰を下ろしたディックが、ユウトの全身を見ながら微笑んだ。

「お前の制服姿、久しぶりに見たな」

「滅多に着ないから慣れないよ。似合わないだろ？」

「いいや、最高にいい。できれば毎日着てほしいくらいだ。……すまん。不謹慎だな」

ユウトは軽く笑い、コーヒーを飲んだ。今日はマーカスの葬儀がある。ロス市警が執り行う警察葬だ。もちろんチームのみんなも制服で参列する。

あの日から二週間という時間が流れた。事後処理と仕事に追われて慌ただしく過ごしてきたが、ずっと夢の中にいるような感じがして、何をするにもどこか現実感を欠いていた。マーカスの死を心の深い場所では、まだ受け入れていないのかもしれない。

「大丈夫か？」

コーヒーから立ち上る湯気をぼんやり見ていたら、ディックに手を握られた。顔を上げると心配そうな眼差しがそこにあった。

笑みを浮かべて大丈夫だと答えたかった。なのに顔の筋肉は上手く動かず声も出なかった。どうやら自分の心は大丈夫ではないらしいと、ユウトは諦めにも似た気持ちで認めた。

マーカスが死んだあの日から悩み続けている。

あれでよかったのかと自問自答を繰り返しているが、本当は答えがわかっているから、こんなにも苦しくなるのだろう。

自分のしたことは間違いだった。どう考えても正しいことではない。けれど、ユウトはあえて正しくない道を選んでしまった。

あの日は最初から最後まで大変だった。マーカスを看取ったあと、悲しみに浸る間もなく次のアクシデントが発生した。

モレイラのワゴンから火が出て、車が炎上したのだ。火の手が回る前に確認したが、手すりに半分の手錠を残して、クロウは忽然(こつぜん)と消えていた。おそらく自分の痕跡(こんせき)などを消去するため、車に火をつけて逃走したのだろう。クロウは今もまだ見つかっていない。

車ごと斜面に転落したモレイラは、車内で息絶えていた。頭部を撃ち抜かれ、即死状態だったという。

応援が到着する前に、ユウトはキースにある頼み事をした。

――キース。マーカスは途中から自分の車に乗ってここに現れ、モレイラに撃たれそうになっていた俺たちを助けてくれた。俺はそう認識している。

キースは沈黙し、マーカスの遺体に目を移し、最後に「わかった」と呟いた。頭の回転の速い男だから、ユウトの言いたいことを瞬時に察してくれた。

熟考する余裕はなく、咄嗟の判断から頼んだのだが、よくキースが承知してくれたと今でも不思議に思う。

かくしてベン・マーカスは病気で療養中だったにもかかわらず現場に駆けつけ、窮地に陥った仲間を救おうとして命を絶たれた警察官になった。彼の過ちを知る者は、ユウトとキース、そしてディック以外に存在しない。

「日が経つほどに自分の過ちが重くのしかかってくる。どう考えても俺のしたことは罪だ」

「そうだな。間違いだと言う人間は大勢いるだろう。だけどそれは最初からわかっていたことじゃないか。もう思い悩むな。俺はお前の選択を支持する」

このままずっとディックの手の温もりを感じていたかった。どこにも出かけないで、この優しい声だけを聞いていたい。そう思ってしまう弱い自分が嫌で、また気が重くなる。

「……お前はこういう秘密を、いくつも抱えて生きてきたんだろう？　すごいよな」

　公にできない任務。秘密裏に行われた作戦。公式の記録に載らない戦争。最初から存在しなかったように葬り去られた人たち。命令とはいえ、時にはテロリストと同じようなこともしたはずだ。それらを呑み込み続けた軍人としての精神力に、今さらながらの驚愕を禁じえない。

「どうやって耐えてきたんだ？」

「秘訣を知りたいか？」

「ああ。知りたい。教えてくれ。俺もタフになりたい」

「強くなろうとするんじゃない。強さに逃げればいつか破綻する。自分が卑怯者であることを受け入れればいいんだ。ずるくて弱い自分を素直に認めたら、あとは忘却の棚にすべてしまい込む」

　聞こえのいい理想論ではなく、ひどく現実的なアドバイスが返ってきた。

　誰だって卑怯者にはなりたくない。誇りを持って生きていきたいはずだ。けれど、それらを手放して生きていく。ディックがこれまで生き延びてきた困難な道のりを思い、胸が切なく軋んだ。

「お前のような真面目で正義感の強い男には、一番難しい方法かもな」

「いいんだ。ありがとう。自分だけは正しくありたいなんて、傲慢でしかないよな。以前、キースにも言われた。俺の謝罪は自分がいい子ちゃんでいたいだけの、気持ちの悪い自慰行為みたいだって。正論すぎて、ぐうの音も出なかったよ」

ディックは眉間にしわを刻み、「あいつ、そんなことを言ったのか?」と低い声を出した。

「今度会ったら、二度とお前にそんな口を利くなって締め上げてやる」

「気持ちは嬉しいけど、コナーズ教の教えを思い出してくれ」

ユウトは笑いながら立ち上がった。もう出ないといけない時間だ。ディックも立ち上がり、溜め息をついてユウトに近づいた。

「愛情じゃなく自己満足のほうか」

「そうそう。じゃあ行ってくるよ。話を聞いてくれてありがとう」

ディックはユウトの腕を掴んで引き止めると、自分の胸に強く抱き締めた。

「何があろうと俺はお前の味方だ。世界中を敵に回したとしても俺はお前を守る。そのことを忘れないでくれ」

「ああ。忘れない」

「……これも自己満足かな?」

自信なげに聞いてくるので、また笑ってしまった。

「それは愛でいいんじゃないか?」

ディックに行ってきますのキスをして、ユウトは帽子を被った。

マーカスの葬儀はダウンタウンに建つセレモニーホールで行われた。

大勢の警察官が参列し、壇上では市長やロス市警トップの本部長がお悔やみのスピーチを行ったが、参列者の涙をおおいに誘ったのは、幼いエマを抱いたエレナのスピーチだった。

エレナは病を押して現場に向かい、仲間を助けた父の勇気を心から誇りに思うと語り、娘の臓器移植に伴う高額な手術代への寄付に感謝を述べた。

募金活動の発起人は、マーカスの相棒のクリストフだった。ユウトから話を聞いたクリストフが、エマを救うべく警察内外に広く募金を呼びかけた。その結果、殉職した刑事の孫娘ということもあり、驚くほど多額の資金が集まり、エマは無事手術を受けられることになったのだ。

ホールでの葬儀が終わるとユウトは仲間たちと外に出て、マーカスを送る列に加わった。儀仗隊の隊員たちが星条旗に包まれた棺(ひつぎ)を抱え、厳かな歩みで出てくる。

バグパイプの音色が流れる中、ずらりと並んだ大勢の制服警官たちが敬礼を行う。ユウトも背筋を伸ばして敬礼した。

小雨が降ってきた。LAでは珍しい雨だ。

回転灯をつけたパトカーに先導され、霊柩車(れいきゅうしゃ)はしめやかな雨に包まれながら動きだす。ユウトたちも分乗して郊外の霊園へと向かった。

霊園で棺が下ろされると最後のセレモニーが始まった。三名の弔銃発射隊が空に向けて三発の空砲を発射する。遺族席でブリジット、エレン、エマ、そのほかの遺族たちが見守る中、儀仗隊の若い隊員がきびきびとした手つきで星条旗をたたんだ。

三角形に折りたたまれた星条旗とマーカスの警察バッジは、最後にブリジットに手渡された。ユウトのいる場所からも、泣きながら星条旗を抱き締めるブリジットの姿が見えた。

スピーカーから甲高いノイズ音が聞こえてきた。殉職した警察官に対し、無線機で最終呼び出しを行うラストコール、あるいはファイナル・コールとも呼ばれる警察内の慣習だ。

『――本部より２０５６３、本部より２０５６３。これは２０５６３、ベン・マーカス警部補への最後の呼び出しです。２０５６３、ベン・マーカス警部補、応答してください。２０５６３、マーカス警部補、応答してください。……警部補からの応答はありません』

クリストフが肩を震わせ嗚咽をこぼした。隣に立っていたロペスがクリストフの肩をそっと叩く。ロペスの目も赤くなっていた。

『ベン・マーカス警部補は三十九年と六か月、警察官として市民のために働き、最後の勤務を終えて帰宅しました。あなたが去っても仲間たちは、あなたのことを決して忘れないでしょう。安らかに眠ってください』

無線が切れるとオコーネルは耐えきれなくなったように深く俯いた。キングは微動だにせず、まっすぐ棺を見つめている。

お別れのときがきた。遺族が順番に花を棺の上に置いていく。最後はブリジットだったが、棺に何度もキスをしては小さな声で夫に話しかけていた。見かねたブリジットの妹が、いつまでも夫のそばにいたがる姉を引き剝がした。

幼いエマは祖父の死をまだよく理解できていないのだろう。棺を指差して「おじいちゃんをどうするの?」としきりにエレナに聞いていた。

何もかもが辛すぎて、ユウトは参列者の集まりの中から抜け出した。少し離れた場所まで来て振り返ると埋葬が始まっていた。

霧雨が降る中を、ひとりの警察官がこちらに向かって歩いてくる。キースだった。

「気分が悪いのか?」

「マーカスが死んだ日からずっと気分が悪い。お前にも申し訳なくて胃に穴が空きそうだ。偽善者だって言いたいだろうが、今日はやめてくれ。これ以上、落ち込みたくない」

キースは「先手を打つなよ」と肩をすくめた。

「俺が苦しむのはまだいいんだ。自分で決めたことだからな。けど、お前にも同じ重荷を背負わせてしまった。この借りをどうやって返せばいいのかわからない」

キースには心から感謝しているが、自分の不正に巻き込んでしまったことが苦しかった。

「あんた、本当に面倒くさい男だな。俺は俺の気持ちに従って、あんたの頼みを受け入れたんだ。マーカスが汚職警官で人を殺したことは事実でも、死んでしまった以上、罪は償えない。マーカスの罪を知らしめたところで誰も幸せにはなれないから、俺は口をつぐんだ。……見ろよ。あの人たちは今、すごく不幸だ。これ以上、不幸になるべきだと俺は思わない」

キースは墓地を振り返り、目を細めた。その視線の先には、愛する者が埋められていくのを、泣きながら見守っている人たちがいる。

マーカスのしたことは決して許されないが、その罪を知っても彼を憎めなかった。法的に見ればマーカスはまごうことなき犯罪者だ。犯罪者を取り締まるべき警察官のくせに犯罪を見逃すのかと責め立てられても、いっさいの反論はできない。

自分は間違っている。ディックの罪に目をつぶり、マーカスの罪も葬ってしまった。こんな自分に警察官である資格はない。

ユウトは自責の念に耐えきれず、ずっと胸にあった気持ちを吐露した。

「……辞職しようかと思う」

「駄目だ。許さない」

間髪を入れず言葉が返ってきた。まるでユウトがそう言い出すのを予想していたようだ。

「辞めたら気が楽になるだろうよ。けど、それで責任を取った気持ちになるのは間違ってる。もし罪を犯したと思うなら、むしろ警察官であり続けて職務に励むべきだ。それがあんたに相応(ふさわ)しい贖罪(しょくざい)だと俺は思う」

キースの強い眼差しに見つめられ、弱さとずるさを叱咤(しった)された気がした。

「逃げずに苦しめってことか」

「ああ。逃げたところで、あんたはそういう自分も許せないはずだ。間違っていてもいいじゃないか。自分が正しいと思うことをやり続けろよ。偽善者にはそのほうがお似合いだ」

散々な言われようだが、それがキースなりの励ましなのもわかった。

罪を抱えて生きていく。ディックがそうであるように——。

「あんたに言っておきたいことがある。俺の親父も汚職警官だった」

突然の告白だった。驚きのあまり言葉が出てこない。

「真面目な警察官だったのは本当だが、どこかで道を踏み外したんだろうな。捜査対象者から汚い金を受け取るようになっていたんだ。俺はそのことに気づいて悩んだ。悩んで悩んで、どうしても親父に更生してほしくて、やってはいけないことをやってしまった。親父が犯罪者から賄賂を受け取っていることを、親父の上司に相談したんだ」

キースは帽子を取り、整えていた髪をかき乱した。

「たとえ首になったとしても、親父には正しい人間でいてほしかった。でも俺のそういう考えは浅はかだった。上司は俺から相談があったことを親父に明かしたらしい。辞職を促したかったんだろう。次の日、親父は車の中で自殺した。ピストルで自分の頭を撃ち抜いてな。俺が最初に発見して通報した」

キースの肌の上で細かな雨が道筋となり、涙のように頬を伝い落ちた。

「父子家庭で苦労して育ててきた息子に、親父は裏切られたんだ。さぞかしショックだったろうな。親父がどんな気持ちだったか想像すると、過去に戻って十五の俺をぶっ殺したくなる。正義漢ぶって実の父親を死に追いやったんだ」

少年だったキースが受けたショックを思うと胸が苦しくなった。そんな辛い過去を抱えながら警察官になることを選んだ覚悟も、ここに至るまでどれだけの苦しみを乗り越えてきたのかも、ユウトには想像さえつかない。

「俺はただ尊敬できる父親でいてほしかった」

キースの視線の先には、母親の肩を抱くエレナの姿があった。彼女はマーカスの真実の姿など知りもせず、殉職した父親を誇りに思ったまま生きていくのだろう。キースがそうしたかったように。

「あんた、前に言ってくれたよな。死んだ親父は今のお前を誇りに思ってるって。今でもそう言えるか？」

自嘲(じちょう)の笑みを浮かべるキースの顔が、傷ついた少年の顔に見えた。父親を追い詰めて殺したという十字架を背負いながら、キースは今日まで生きてきたのだ。

「親父さんが自殺したのは、お前に裏切られたからじゃない。隠したかった過ちをお前に知られ、自分を恥じたからだと思う。真面目な人なら、道を踏み外したことを心から後悔していたはずだ」

勝手なことを言うなと怒ると思ったが、キースは遠い眼差しのまま聞いている。

「親父さんがもし今のお前を見たら、絶対に誇りに思う。立派な警官になったなって喜ぶに決まってる。絶対だ。この意見は何があっても譲らないからな」

キースは何も言わなかったが、自分の言葉はきっと彼に届いていると思うことにした。

埋葬が終わったらしく参列者が動きだした。クリストフがブリジットのところに行き、何か話しかけているのが見える。

夫を失った妻と相棒を失った警察官。大事なものを失ったふたりは、慰め合うように抱擁を交わした。これから先、あのふたりがどれほどの喪失感を抱えて生きていくのだろうと思ったら感情が大きく乱れ、不意に景色が滲(にじ)んだ。

咄嗟に顔を上げて空を見た。

曇天の雲の切れ間から、いくつもの光の筋が折り重なるように射している。涙越しに見たその光景は、束の間、悲しみさえ忘れそうになるほど美しかった。

いつの間にか雨は止んでいた。

12

「やあ、君が噂のキース・ブルームだね。ようやく会えた。今日は来てくれてすごく嬉しいよ。出会いの記念にハグしてもいい？」

玄関先で満面の笑みを浮かべたロブは、大きく両腕を拡げて客を出迎えたが、キースの対応はいつもと同じだった。

「ハグは遠慮する。でも招いてくれてありがとう」

「んー。いいね。そのはっきりした物言い、最高。じゃあ握手にしよう」

ロブはキースの手を強引に握り、上下に大きく振った。相手がどんな態度だろうと自分のペースを崩さない男、それがロブ・コナーズだ。

「みんなはもう来てるのか？」

ユウトが聞くとロブは「まだだよ。来てるのはルイスとダグだけ」と答え、ユウトとディックを、そして初訪問のキースを部屋に招き入れた。

今日のホームパーティーは、ロブ曰くキースの歓迎会だそうだ。ネトから聞いたのだが、パコやネトがキースと会ったことを知り、ロブは「どうして俺を呼んでくれなかったんだ⁉」と本気で悔しがったらしい。

　そのリベンジもあって今日のパーティーを企画したようだが、主役のキースが参加しなかったら台無しになる。ユウトは明らかに乗り気ではないキースに頼み込み、どうにか承諾を取り付けたのだ。おかげでキースに「貸しひとつな」と言われてしまった。

「キース、紹介するよ。彼は俺のパートナーのヨシュア。ちょっと前までディックの同僚だったけど、今は俳優をしている」

「初めまして、ヨシュア・ブラッドです。お会いできて光栄です」

「どうも」

　会話は続かずヨシュアとキースは無言で対峙(たいじ)し合った。ユウトは慌てて間に入り、「デビュー作がもうすぐ公開になるんだ」と話を繋(つな)げた。

「なんて映画？」

　映画好きなのかキースが関心を示した。キースの質問にはロブが答えた。

「アーヴィン&ボウの三作目だ。ヨシュアはコルヴィッチ監督にスカウトされたラッキーボーイなんだ。で、そこにいるのがアーヴィン&ボウの原作を書いたエドワード・ボスコ。本名はルイス・リデルだ」

「ハイ。ユウトの相棒なら歓迎するよ」

　ダイニングテーブルの椅子に座ったルイスが、右手を挙げてひらひらさせた。髪を染めたのか珍しくブラウンヘアだ。もともと知的な顔立ちだが、より頭がよさそうに見える。

キースは「まじかよ」と呟いた。

「俺はこれからエドワード・ボスコと一緒に飯を食うのか？」

「お前、小説を読むのか？」

意外に思ったユウトが聞くと、キースは「大いに読むね」と答えた。

「ボスコの本も何冊か持ってる。本人と会えるなら本を持ってくればよかった。サインしてほしかった」

意外と可愛いところがあるんだな、と笑いそうになった。

ルイスが「サインくらい、いつでもしてやるよ」と気さくに話しかけると、キースは「約束だぞ」と念を押した。

もしかしたらキースとルイスはタイプ的に馬が合わないかもしれないと、ひそかに危惧していたのだが、偉大なるボスコ作品のおかげで杞憂に終わったようだ。

「ルイスの隣にいるのは、ルイスの恋人のダグ。ダグとは前に会ったから覚えてるよな？」

「ああ。……あんた、もしかしてボスコの新作を発売前に読めたりするのか？」

「ルイスが許せばそういう恩恵も時には受けられる。恋人の特権だよ」

ダグが親指を立てて微笑んだ。

「羨ましい話だ。それにしてもすごい料理だな。あんたはプロの料理人？」

テーブルの上には所狭しと色とりどりの料理が並んでいる。今日もロブの料理は最高にうまそうだ。

「ふふふ。嬉しいことを言ってくれるね。でも違う。俺は犯罪学者だよ。大学で教えたり本を書いたり、時々は講演を行ったり、まあいろいろやってる」

そうこうしているうちにネト、パコ、トーニャもやってきて、総勢十名のパーティーが始まった。キースはいつものごとく愛嬌はなかったが、聞かれたことにはちゃんと答えていたし、ロブの料理が口に合ったのか旺盛な食欲を見せていた。

みんな大人だし心も広い。キースの尖った物言いに眉をひそめる者もなく、ユウトは心から安心した。ただしヨシュアとキースの会話はあまり嚙み合わず、隣で聞いていて何度かはらはらさせられた。

「なあ、キース。ユウトのこと、そろそろファーストネームで呼んでやったらどうだ？」

パコがそんなことを言い出した。キースは肩をすくめただけで返事をしない。パコの親切は嬉しいが、そういうお節介はやめてほしい。またキースに親衛隊云々と言われてしまう。

「俺もその意見に賛成だ。ふたりを見ていて思った。前よりぐっと距離が縮まって、バディらしくなってる。なあ、ディック。お前もそう思うだろ？」

ネトも話に乗っかってきた。こっちは親切心ではなく、明らかに面白がっている。ディックは一瞬ネトと視線を絡ませてから、「そうだな」と笑みを浮かべて頷いた。

「最近のユウトは、家でキースの愚痴をこぼさなくなった。息が合ってきたんだろう」

無理しなくてもいいんだぞ、と言ってやりたかったが、嫉妬を押し隠してよき恋人であろうと頑張っているディックの努力に、水を差すわけにはいかない。

キースがちらっとユウトの顔を見た。何か言いたげな目つきだ。

「なんだよ、キース。……あ、まさかお前、俺が名前で呼ばれたくて、パコたちに頼んだと思ってるのか？　俺は絶対にそんなこと頼んだりしてないからな」

「別に何も言ってないだろう。レニックス親衛隊は今日もうざいと思っただけだ。あんたらいい年して、本当に仲良しクラブが好きだよな」

失礼な物言いをするなと注意しようとしたが、それより早くルイスがヒューと口笛を吹いた。

「いいね。君もいい年して、永遠の不良気取りか？　可愛くてグッとくる」

「ル、ルイス、絡んじゃ駄目です。キース、ごめんよ。ルイスは酔ってるみたいだ」

「ダグ、俺は酔ってないぞ。今日はまだ全然飲んでない。それに絡んだつもりはないよ。本当にグッときたから賛辞を送っただけ」

「……それはそれで困ります」

ダグが眉尻を下げて呟いた。ルイスは「冗談だよ」と年下の恋人の膝を叩いた。

「仲良しクラブも楽しいものよ。あなたもよかったら入会しない？」

トーニャが微笑みながら言うとキースの目が優しくなった。美女の威力はすごいものだとユウトは感心した。

「あんたらはみんないい人だと思うが、俺は遠慮しておく。今日はレニックスの顔を立てて来ただけだ」

失礼なことばかり言う困った相棒だが、誰ひとりとして嫌な顔をする者はいなかった。それどころかみんなキースの個性を面白がっている節がある。

「そんなこと言わずにまた参加してくれ。君はきっと俺の手料理をまた食べたくなる」

「まあ、料理は食べたいかもな」

「だろう？　思うにこの先こうしない、ああしないって、前もって決めなくてもいいんじゃないか？　そのときが来てから考えればいいんだし。ってわけで、こっちのバッファロー・チキン・ウィングも食べてくれ。ソースは俺のオリジナルでかなり辛いよ」

ロブが立ち上がってキースの皿にこんがり焼けたチキンを取り分けた。キースは辛いのは得意だと言ってかぶりついたが、相当辛かったようでひとくち食べて咽せた。

「これはいくらなんでも辛すぎるだろ。……でもうまいな。癖になる」

ソースを口の端につけながらチキンを食べているキースを見て、ユウトは思った。なんだかんだ言いながら、キースはこの集まりにまた顔を出すに違いない。憎まれ口を叩いても、キースの態度はリラックスしている。彼もこの時間を本当は楽しんでいる。

空になった皿をキッチンに運んだときだった。ジーンズのポケットに入れた携帯が鳴った。確認すると非通知設定の着信だった。

普段はそういう電話には出ないが、今は出るべきだと思った。いつか彼から連絡が来るという予感があったのかもしれない。

「もしもし?」

「ユージン、いやレニックスか」

やはり彼からだった。ユウトは携帯を耳に当てながら廊下に出た。

「クロウだな。……いや、ブライアンと呼ぶべきか」

かすかな笑いの気配。自分の推測が間違っていなかったことを確信した。

「クロウでいい。よく俺のことを覚えていたな」

「忘れないさ。コロンビアでの体験は強烈だった。お前とリッキーの顔はよく覚えてる」

四方を密林に囲まれたコロンビアの奥地にある軍事キャンプ。そこはコルブスが育った場所だった。FBI捜査官としてニューヨークにいたユウトは、ビルの屋上からヘリでコルブスに拉致(らち)され、ディックの目の前から連れ去られた。

目を閉じると今でもあのときの傷ついたディックの姿が瞼に浮かぶ。足を撃たれたディックは血を流しながら、去っていくヘリを呆然(ぼうぜん)と見上げていた。

ディックの姿はやがて摩天楼の光の渦に呑み込まれていき、ユウトは意識を失った。次に目が覚めたときには、もうコロンビアにいた。

連れていかれた軍事キャンプでユウトの監視をしていたのが、リッキーとクロウだった。ふたりは子供の頃からコルブスを慕ってきた彼の右腕的存在だった。

「わからなかったのは整形のせいだ。自分の間抜けさにうんざりしたよ。お前は最初からちゃんと名乗っていたのにな」

クロウは烏のことだった。コルブスもラテン語で烏を意味する。

リッキーなら声だけでもわかったかもしれないが、クロウはあまり喋らない男で、ユウトとの会話も少なかった。しかし気づいてしまえば、確かにこんな声だったと思い出せる。

「随分と顔が変わったな」

「俺の顔だけじゃない。いろんなことが変わった。あの人が死んでからすべてが変わった」

淡々とした口調だったが、その言葉に悲哀を感じ取らずにはいられなかった。コルブスもクロウも大物政治家の私兵として、暗殺やテロ行為などの汚い裏仕事をさせるために育てられた子供たちだった。過酷な環境で共に生きてきたコルブスへの忠誠心は計り知れない。

あれからコルブスの組織はどうなったのだろう。リーダーを失ったホワイトヘブンは、頭を切り落とされた蛇も同然に思えた。

「ホワイトヘブンは今どうなってるんだ」

「コルブス亡きあとは、ただの麻薬カルテルに成り下がった」

残念そうな口ぶりだったが、ユウトにとってはいい情報だった。テロ活動にはもう手を染めていないということだ。

「マニングを狙撃したのはお前か？」

「そうだ。コルブスを裏切ったあの男に制裁を下した。お前の恋人に礼を言ってほしい」

「ディックに？　なぜだ？」

意味がわからず困惑した。ディックはコルブスを殺そうとしていた男だ。

「アメリカ軍の奇襲を受けたあの夜、俺は負傷して途中で気を失った。意識が戻ったときには、ほとんどの仲間が死んでいた。どこを捜してもコルブスの姿は見つからなかった。お前を連れて逃げおおせたに違いないと自分に言い聞かせたが、現実は違った。夜明け前にヘリが飛んできて、迷彩服を着た男がコルブスの亡骸(なきがら)を抱きかかえて下りてきた。男はひとりで土を掘り、コルブスを埋葬した」

その話はディックから聞いて知っていた。あのキャンプはコルブスの故郷だから、育った場所に埋めてやったとディックは語った。

「俺は銃を向けて男に近づき、お前がコルブスを殺したのかと尋ねた。男は応戦する気配も見せず、この手で殺せなくて残念だと答えた。コルブスはどんなふうに死んだのかも尋ねた。あの人はお前を守って死んでいったんだな」

三年前のあの夜の出来事が蘇ってくる。闇の中を飛び交う弾丸。止むことのない激しい銃声。怒号。火の手。まるで戦争のようだった。あの過酷な状況でユウトが助かったのは、間違いなくコルブスがいたからだ。

そうだ。自分はコルブスに助けられた。足手まといにしかならないユウトを、コルブスは最後まで見放さなかった。最後はユウトのみならず、ディックをも助けようとして撃たれて死んだのだ。

「言い忘れた礼を伝えてくれ。頼んだぞ」

電話が切れそうな気配を感じ、「待ってくれ」と引き止めた。

「なぜあのタイミングでモレイラに銃を向けた?」

「なんのことだ」

「俺が飛び出したとき、弾が飛んで来なかったのは、お前が同じタイミングでモレイラたちに攻撃を開始したからだろう。なぜ同時だった」

「たまたまだ」

その声からクロウの感情はまったく読めないが、自分の直感は間違っていないという確信があった。

「俺を守ってくれたのか」

モレイラを殺すのは撃ち合いの最中ではなく、ユウトとキースが死んだあとでもよかったははずだ。あの場で勝利を収めたモレイラたちが油断したところを襲えば、背後からユウトに銃を向けられることもなかった。

「お前を守ったわけじゃない。……だが俺の目の前で死なせたくないと思ったのも事実だ。お前はコルブスが命がけで守ろうとした男だからな」

またコルブスに助けられたというわけか。言葉にしがたい複雑な気分だった。

「時々でいい。あの人のことを思い出してくれ」

電話は切れた。ユウトはしばらくの間、誰もいない廊下に佇んでいた。

「ユウト？　そこで何してるの？」

ロブが部屋から出てきた。ユウトは携帯を見せて「電話してたんだ」と答えた。明るく話したつもりだったが、目敏いロブは「何かあった？」と質問を重ねた。

「ないよ。何もない。ただいろいろあって、ちょっと疲れたと思っただけ」

「そうか。同僚のことは本当に残念だったね」

気遣うような視線を向けられ、思わずロブの慈愛に縋りたくなった。ロブにすべて打ち明けて、的確なアドバイスを与えてもらいたい。そしてできることなら、君は間違っていないと言ってもらいたい。

だがそれはできない。マーカスの秘密は墓場まで持っていくと決めている。

それでもロブに何か言ってもらいたくて、ユウトは言葉を探した。

「君に聞きたいことがあるんだ。罪についてなんだけど」

「何？　いきなりどうしたの？　ヘビーなテーマを振ってくるじゃないか。まあ、いいけどさ。それって俺の得意分野だし」

おどけるように目をグッと見開いて言う。ユウトは「だから聞いてるんだよ」と笑って言い返した。ロブの明るさのおかげで、気持ちが日常へと引き戻されていく。

「たとえばだけど、友人が罪を犯したことを知っていて、それを見逃すことはよくないよな。でも告発したくない、見逃してやりたいっていう気持ちが強いとき、君ならどうする？」

ディックの罪。マーカスの罪。そして自分の罪。世界は罪に溢れている。

「うーん。それは罪の種類にもよるから一概には言えないよね。犯罪なのか、道義的あるいは宗教的な罪なのかにもよるだろうし」

「犯罪だとしたら？」

「犯罪でも中身にもよるな。例えば幼い子供をひき逃げしたとか、そういう犯罪なら全力で自首を勧めるだろうね。でも泥棒したとか恨みのある相手を殺したとかの場合、その人がこれでいいと決めてやったことなら、見て見ぬふりをするかも」

かなり予想外の言葉だった。ロブは法を遵守するタイプだから、犯罪を見逃すことはないと思っていた。

「君はいかなる殺人も認めない主義じゃないのか？」

「ああ、認めないよ。でもその気持ちと誰かを断罪することはイコールじゃない」

「よくわからないな。それに罪の内容によって線引きするのもどうなんだ？」

「線引きしなきゃ、やってられないだろ。全部駄目っていったら、友人が酔っ払って街角の看板を蹴ったただけでも通報しなきゃいけなくなる。だからこうだ。俺が許せる罪は見逃すけど、許せない罪は見逃せない。そのへんは臨機応変にいかなきゃ」

適当さに呆れてしまったが、不思議なものでロブの言葉を聞いていると、それでいいのかもしれないという気持ちにもなった。

「よくよく考えれば、人間なんてものはみんな自分基準かな」

「そうだよ。まさにそのとおり。誰もが自分の基準でしか物事を考えられない。自分がいいと思えばそれでいいし、駄目だと思うなら駄目、それでよくないかい？　どんな罪にせよ大事なのは、向き合うべきは自分の罪であって、他人の罪じゃないってことだよ」

「法律は気にしないってことか？」

「法を守ることは大事だよ。だけど法は絶対じゃないし、すべてを解決してくれない。世界には法の及ばない場所だってあるし、罪の定義も時代と共に変わっていく。この国だって昔は黒人を殺しても罪じゃなかった。……ちょっと話が脱線したかな？」

ロブが首をかしげた。ユウトには脱線しているのか本筋を走っているのかよくわからないが、ロブの話は聞き飽きない。

「もしかして、ユウトは誰かの罪を見逃したことで悩んでるのかい？」

「まあ、そんな感じかな。あれでよかったと思う気持ちと、正しくないことをした自分を責める気持ちがずっと闘ってる」

「なるほど。君はヨシュアとはまた違った意味で真面目だからね」

同情するような言い方だった。比較されることは気にならないが、ヨシュアの真面目と自分の真面目はどう違うのかは気になった。

「俺とヨシュアの違いを教えてくれ」

「そうだな。例えばだけど、通りで出会ったおばあさんに、必ず戻ってくるからこの大きな荷物を見ていてほしいと頼まれ、絶対に目を離さないと約束したとする。ヨシュアは片時も目を離さないで待つはずだ。誰が来ても何を言われても、雨が降っても雪が降っても、夜になっておばあさんが戻ってこなくても、辛抱強く待ち続ける」

「わかるよ。ヨシュアの真面目さはそんな感じだ。じゃあ俺は？」

「ユウトはその場でおばあさんの帰りを待つけど、戻ってこないことがわかると、何かあったんじゃないかと心配して、重い荷物を抱えて街中を必死に駆けずり回るタイプじゃないかな。どちらがいいとか悪いとかの話じゃなく、要するに君は気を揉みすぎる。いつも考えすぎて自分を追い込んで、それで辛くなる傾向があるよね。俺はそういう君が好きだけど、あんまり自罰的すぎると人生損するぞ」

ロブは励ますようにユウトの肩を軽く叩いた。

「事情はよくわからないけど、あんまり悩むな。誰かを思いやるからこそ、正しくない方法を選んでしまうこともある。それにしても、君はよく他人のことで悩むよな。それに引き換え、俺なんていつも自分に都合のいい考え方ばかりしてる。俺はいかなる殺人も認めない、死刑制度にも反対だって公言してるけど、もし愛する人を殺した相手が罰せられない状況にあって、そのとき俺の手に拳銃があったなら、引き金を引くかもしれない。殺人を認めないくせに自分は罪を犯すかもって、すごく矛盾してるだろ？」

笑い話のように言うが、その気持ちはあながち嘘ではないのだろうと思えた。だからこそ言ってやった。

「君は銃が嫌いじゃないか。それにどんなときでも理性的に振る舞える人間だ。絶対にそんなことはしない」

「そう願いたいけどね。でも人間なんてものは呆気なく自分を見失う。誰だって罪人になる可能性を秘めているんだ。だから犯罪者と向き合うときは、必ずある言葉を胸の中で呟くようにしてる」

「どんな言葉？」

「理性で物事を判断できる人間は、幸せな場所にいる」

そのとおりだと思った。罪を犯さずに生きていられる人間は、きっと恵まれた環境で生きている。置かれた場所が違えばどうなるかわからない。人が環境に左右される生き物だということを、ユウトはよく知っている。そのことを刑務所の中で身を持って味わった。

「さあ、部屋に戻ろう。そろそろデザートを出さないと」

「今日は何を作ったんだ?」

「残念ながら手作りじゃないんだ。料理に時間がかかってデザートまで手が回らなかった。店で買ってきたもので我慢してくれ。しかも定番で悪いけど、ダンキンのドーナツだ」

ユウトは一瞬足を止め、微笑みを浮かべて答えた。

「あそこのドーナツは大好きだ」


楽しい時間はあっという間に過ぎていき、パーティーは十時頃お開きになった。

「キースはユウトたちと来たのか?」

パコに聞かれたキースは「そうだ」と答えた。

「方向は同じだから、帰りは俺が送っていこう。そのほうがユウトたちの手間も省ける。いいだろ、ユウト?」

「俺はいいけど、キースはそれで構わないか?」

「誰に送ってもらっても同じだ」

「そうか。じゃあ、また明日」

キースは軽く手を上げて歩きだしたが、ふと気が変わったように身体を反転させ、ユウトのところまで戻ってきてた。

「仲良しクラブは好きじゃないが、今日はそれなりに楽しかった」

キースなりの感謝の言葉らしい。素直に誘ってくれてありがとうと言えばいいのに、回りくどい奴だ。

「そのうちもっと楽しくなる。今なら入会金は無料だ。会員登録だけしておけ」

ユウトのジョークに肩をすくめ、キースはパコの車に向かって歩きだした。ネトとトーニャもパコの車で来ていたので、四人は一緒に帰っていった。

「ルイス、危ないっ。ポーチの階段があるから気をつけて」

「大丈夫だって。君は本当に心配性なんだから。でもまあ、そういうところが可愛くて好きなんだけどね」

ダグは酔ったルイスを抱えて大変そうだったが、ルイスのほうは鼻歌を歌いながらダグに寄りかかったりして珍しく上機嫌だった。難航していた原稿が昨日ようやく書き上がったと話していたから、そのせいかもしれない。

ユウトはロブとヨシュアに礼を言い、ディックの運転する車で帰宅した。それほど飲んでいなかったが助手席に座って五分もしないうちに眠くなり、ディックに起こされたときにはアパートメントの駐車場に着いていた。

「ごめん。すっかり寝ちゃってた」

「可愛い寝顔を見せられて、キスしたい気持ちを抑えつけるのに苦労したぞ」

ディックのからかいに軽いパンチを返し、欠伸をしながら車を降りた。

「ただいま……わっ」

部屋のドアを開けるなりユウティが突進してきた。後ろ足で立ち上がり、甘えた声でぴょんぴょん飛びついてくる。

「ごめんごめん、寂しかったんだな」

留守番させた埋め合わせに、たっぷり撫で回して大好物のジャーキーを与え、しっかりご機嫌を取ってからディックと交代でシャワーを浴びた。

先にシャワーを使ったユウトがソファーでひと息ついていると、ディックの携帯が鳴った。着信には『アトキンス』と表示されている。ディックに泣きついてばかりいる例の新人ボディーガードだ。

シャワーを終えたディックが、ミネラルウォーターのペットボトルを手にしてやってきた。

「お前も飲むか?」

頷いて受け取り、「さっき電話がかかってきたぞ」と教えてやった。

「アトキンスの名前が出てた。また何か問題でも起きたのかな?」

「アトキンスから？　休みの日にまで勘弁してほしいよ」

ディックはぼやいてユウトの隣に腰を下ろした。ディックの新人教育はまだ当分の間、大変そうだ。

「自分の家っていいよな」

ユウトがしみじみ言うと、ディックは「急にどうした？」と笑った。

「みんなと会えて楽しかったし、ロブの料理も最高に美味しかったけど、やはり家に帰ってくるとすごくほっとする。どんなに楽しい場所にいても、帰ってきたら我が家が一番いいと思えるんだ。もちろんディックとユウティ込みの話だけど」

ディックはユウトの肩を抱き寄せ、「俺もだ」と頬にキスをした。

「みんなと過ごす時間は楽しいが、いつも途中からお前とふたりきりになりたくなって困る」

「本当に？　そんなふうには見えないけどな」

「俺の忍耐力がどれだけすごいか知ってるだろ？」

くすくす笑いながら、ディックの金髪に指を入れたそのとき、クロウの電話を思い出した。楽しい会話をもっと楽しみたいが、気持ちを切り替えるしかない。

「……ロブの家にいたとき、電話がかかってきたんだ。モレイラの部下のクロウからだった」

「逃亡した例の男か？　お前に何を言ってきたんだ」

ディックの顔から笑みが消えた。警戒よりある種の緊張を感じ、自分の推測が正しかったことを知った。やはりディックにはわかっている。

「クロウの正体はコルブスの部下のブライアンだった。弟分のゴメスを殺された復讐のために、モレイラの懐に潜り込んでいたんだ。俺はコロンビアでクロウに会っていたけど、整形で顔を変えていたせいでわからなかった。……お前も本当は察していたんだろう？」

「お前の話をいろいろ聞いて、もしかしたらとは思っていた。だが確信はもてなかった。復讐目的でそこまでするとは思えなかったからな」

「お前が言うのか？　復讐のために犯罪者の仮面を被り、望んで刑務所に投獄された男の言葉とは思えない」

「言われてみればそのとおりだな」

ばつが悪そうに呟いたディックに、「お前への伝言を頼まれた」と告げた。

「俺に伝言？」

「コルブスの亡骸を連れて戻り、埋葬してくれたことに感謝してると伝えてくれって」

ディックは数秒黙ったのち、苦笑を漏らした。

「律儀な男だ。三年も前の話なのに」

「クロウはやっぱり俺を助けてくれたんだ。事実を知ったとき、またコルブスに救われたような気がしたけど、ディックのおかげでもあったんだな」

「俺の？　なぜだ？」

「クロウは俺たちがつき合っているのを知っていた。ディックに感謝しているなら、その恋人である俺を助けても不思議じゃないだろう？」

「まあそうだが、クロウをあまり美化するなよ。卑劣なテロ行為を繰り返した連中だ。しかもコカイン供給者でもある」

ディックにすれば素直に礼を言えない相手だろう。それはユウトにしても同じだが、クロウに窮地を救われたことは紛れもない事実だ。

「実はもうひとつ、あの取引の日におかしなことがあったんだ。カミロって男が重傷を負いながらも、俺を撃とうとしたことは話しただろ？」

「覚えてる。お前に発砲した直後に死んだ男だろ」

ユウトは注意深くディックの様子を窺いながら言葉を続けた。

「ああ。俺はてっきりクロウに撃たれた腹の傷のせいで死んだと思ってた。でも司法解剖の結果や科学捜査課からの報告書を見て、そうじゃないことがわかった。カミロは俺を撃った直後、誰かに頭を撃たれて死んだんだ。頭蓋骨(ずがいこつ)の射創によると弾丸は奴の右側頭部に入り、頭を貫通して抜けたことがわかった。弾は見つかっていない」

「キースが撃ったのか？」

「位置的に無理だ。キースはワゴンの向こうにいたんだから」

「だったらクロウの仲間が林の中に潜んでいたんだろう。手錠を切断して逃亡できたってことは、仲間をそばに待機させていた可能性が高い」

ディックの態度に変化はなく、ごく自然に話している。久しぶりにこの男のポーカーフェイスが小憎らしくなった。普段はユウトの言動に一喜一憂するくせに、その気になればいくらでも自分を偽れる男なのだ。

特殊部隊員は拷問や尋問に耐える訓練を受けると聞く。常人にはとても耐えられないような、想像を絶する肉体的及び精神的苦痛を味わう訓練に合格した者のみが、各特殊部隊員として認められて任務に就く。強靭(きょうじん)な精神を持っていなければ、敵に捕まった際、拷問に耐えきれず味方の情報を漏らしてしまうからだろう。

そっちがその気なら、こっちも容赦しない。ユウトは表情を消してディックを見つめた。

「ディック。本当のことを言うなら今だぞ。あとで実はそうだったと白状しても遅い」

こういうときはくどくど言葉を並べ立てるより、無言でディックを見つめるほうがよほど効果がある。ユウトは瞬きひとつせず、目の前にあるディックの瞳を覗(のぞ)き込み続けた。

最初はユウトの視線を真正面から受け止めていたディックだったが、三十秒ほどすると目をそらし、それから天を仰ぐように顔を上げた。ユウトは勝利を確信した。

「……どうしてわかった?」

ユウトの目を見ないままディックが言った。いたずらしている現場を押さえられ、急に大人しくなったユウティみたいな奴だ。

「カミロを撃ったと認めるんだな。まずはそこからだ」

「撃った。そうしなければ、お前があいつに撃たれていた」

ユウトは「やっぱり」と呟き、ディックの脇腹に重めのパンチをお見舞いした。不意を突かれたディックが、「うっ」と呻いて前屈みになる。

「信じられないよ！　無茶しすぎだっ。わざわざ仕事を休んで俺を尾行したんだろ？　あの日、お前が休んでいたことは確認済みだからな。いくらなんでもやりすぎだ」

元軍人で戦闘のプロなのはわかっているが、今のディックは民間人だ。恋人を守りたい一心での行動だったとしても、警察の仕事に関与することは許されない。誰かがディックのしたことを目撃していたら、間違いなく罪に問われる。

「すまん。相手が危険な連中だと聞いて、いてもたってもいられなくなったんだ」

「どうやって尾行してたんだ？　全然気づかなかった」

「同僚に借りたバイクで距離を取ってつけていた」

ディックは尾行においてもプロだ。ユウトに気づかれず尾行することは造作もないのだろう。

「銃の調達は？　ハンドガンじゃないだろう。ライフルか？」

「実は同僚からずっとハンティングに誘われていて、少し前に格安でライフルを売ってもらったんだ。会社に保管してある」

ディックはハンティング・ライセンスを持っているから、ライフルの所持自体は違法ではない。だがライフルを買ったのに教えてくれなかったことには腹が立った。

「いつからあそこにいたんだ。最初からか?」

「いいや。誰にも見られないようにバイクは林道の脇道に駐めて、徒歩で雑木林を抜けて駐車場が見える場所まで行った。俺が着いたとき、バンの陰から飛び出してくるお前の姿が見えた。慌ててライフルを構えたが、援護の必要はなかった。向こうの動きが急に止んだからだ」

ディックは茂みの中に隠れながら、スコープでユウトの動きを追ったと続けた。

「お前がクロウとモレイラを降参させたのを見て安心したが、倒れていたカミロがふらふらと立ち上がるのに気づいた。奴がお前の後ろで銃を構えたから撃った。お前を助けるには、ああするしかなかったんだ」

わかっている。ディックが撃っていなければ、カミロの弾を受けて死んでいた。ディックは命の恩人だ。本心では素直に礼を言いたい。しかしそうするとディックはまた同じことをするかもしれない。もう二度と危ない橋を渡らせたくない。

ユウトがどうしたらいいのかと葛藤(かっとう)していると、ディックは叱られた子供のような顔で「怒らないでくれ」と話しかけてきた。

とても悲しげで、かつ深刻な表情だった。冷たい態度を示すほうがディックにはこたえるし、彼のためにそうすべきだと思っているのに、そんな顔を見てしまえば無理だった。

「頭ではお前のしたことを認めちゃいけないと思ってるけど、やっぱりこう言うしかない。俺を守ってくれてありがとう。心から感謝してる」

ディックの肩に両腕を回し、きつく抱き締めた。

「怒ってないのか……?」

「怒ってるよ。すごく怒ってる。だけどそれ以上にお前を愛してる。お前は大馬鹿だよ。俺のために危険なことをして」

許されたことで安堵したのか、ディックは深い息を漏らしてユウトを抱き締め返した。

「俺はお前を守りたいんだ。そのためならなんだってする」

「だからそれが怖いんだよ。俺のためなら危険なことを平気でできてしまうお前が、俺はすごく怖い。俺のためにしたことで、いつか取り返しのつかない事態が起きるんじゃないかって不安になる」

ディックはユウトを抱く腕に力を込め、「大丈夫だ。悪いことなんて起きない」と断言した。

「もし起きたとしても、悪いことはすべて俺が引き受ける。お前に迷惑はかけない」

そうじゃない、そんなことを怖がってるんじゃないと言いたかったが、反論の言葉はどうにか呑み込んだ。今はディックの愛し方を批判したくなかった。

愛されている。その事実だけを全身で受け止めていたい。これほどまでに深い愛を与えてくれる相手は、今までもこれからも世界中でこの男しかいない。

「ユウト。覚えておいてくれ。この先、何があったとしても俺はお前だけを愛してる。お前の幸せだけを願っている」

やけに真剣な口調だった。ユウトは小さく笑い、ディックの耳に唇を近づけて「やめてくれよ」と囁(ささや)いた。

「まるでお別れの言葉みたいじゃないか。あのときを思い出す」

「そうだな。少し大袈裟(おおげさ)だった」

ディックに説明するまでもなかった。あのときとは、シェルガー刑務所で迎えた最後の場面だ。脱獄していくディックと残ることを決めたユウトは、愛しているという代わりに互いの幸運を願い合った。

「俺たちはもう二度と離ればなれになんてならない。そうだろ、ディック？」

「ああ、そうだ。何があってもお前から離れたりするものか。もしも何かの手違いでお前が地獄に落ちたなら、俺はすぐあとを追って地獄まで行く」

ディックの腕がさらに強く巻きついてくる。痛いほどの抱擁に幸せな目眩(めまい)を覚えた。

生涯、忘れられないほどの悲しい事件があったけれど、自分にはディックがいる。だから大丈夫だ。最高の恋人がいて、こうやって帰れる場所がある。なんて幸せなんだろう。

高まる感情のままディックに口づけた。

唇を二度、三度と重ねると、ディックも同じようにユウトを求めてきた。ふたりしてそれしかできないみたいに、触れるだけのキスを繰り返す。

先に我慢できなくなったのはユウトのほうだった。最近、こらえ性がなくなったことは自覚していた。ディックを求める気持ちが一度走りだすと、なかなかブレーキをかけられなくなるのだ。そんなユウトの貪欲さをディックは喜んでくれるから、なおのことその傾向が強くなる。もっとリアルに生々しく触れ合いたくて、舌先でディックの唇を舐め、歯の隙間から熱い内側へと潜り込んだ。舌の裏が硬いエナメル質で擦れ、そんな刺激にすらゾクゾクしてしまう。

さらに奥まで舌を差し入れると、ディックの舌が獲物を捕獲するように絡みついてきた。情熱的に始まったディックの本気のキスに、あっという間に骨抜きにされた。

ねっとりと舐めたかと思えば、舌先でくすぐるように刺激してくる。気を抜いたところで今度は痛いほど吸われ、自分から攻め入ったはずなのに翻弄されるばかりだ。もう降参するから好きにしてくれという気持ちで、されるがままになって与えられる快感を享受する。

舌や口の中がこんなにも感じやすい器官なのは、人類がキスを楽しめるようにという神さまの優しい配慮ではないだろうか。あまりに気持ちよくて、そんなくだらないことを考えていると、ディックの手は知らないうちにユウトのパジャマのボタンを外し始めていた。

「ディック、ベッドに行こう」

「たまにはソファーでするのもいいだろう。……お前は嫌か？」

ディックはひときわセクシーな声で囁き、ユウトの返事は聞かずに首筋を愛撫し始めた。耳の裏側を舐め、うなじに熱い息とキスを何度も落としてくる。

くすぐったさと官能が入り交じり、感じるポイントを責められるたび肩がビクッと震えた。

「嫌じゃないけど駄目だって……。ここは、ん、駄目だ」

「どうして？　俺はここでしたい。お前がここに座っていると、すごくあれがしやすい」

すでに熱を帯びて形を変えているユウトのそこを、ディックは生地の上からやんわりと握り、揺さぶるように手の中で転がした。ユウトは漏れそうになる甘い吐息を呑み込み、「だって見てる」と訴えた。

ディックは動きを止め、後ろを振り返った。きっと自分専用のクッションの上に伏せながら、こっちを見ているユウティと目が合ったはずだ。

「確かにやりづらいな。けど、利口にステイしてるじゃないか。以前は俺たちがいちゃつきだしたら、必ず間に割って入ってきたのに」

「えらいけど見ろよ、あの恨めしそうな顔。自分だけのけ者にして、ふたりで遊んでずるいって思ってるに違いない」

「そのうち見てるのに飽きて寝るさ。気にするな」

「気にするよ」

「セックスを見られて恥ずかしがるのは人間だけだ」

どういう反論だ。ディックはユウトのパジャマを脱がせにかかった。強引モードに入ったディックを押しとどめるのは難しい。仕方なく諦めの吐息を漏らし、されるがままになった。

ユウトを全裸にしてからディックは床に下りた。ベッドなら平気なのにソファーで全裸になると、どうしてこんなに恥ずかしいのだろう。

「足を開け」

跪いた美しい男から命令され、妙な興奮を覚えた。

熱く見つめられながら膝を開く。自分では大きく開いたつもりだったのに、それでは足りないというようにディックはユウトの膝頭に両手を添え、ぐいっと左右に押し広げた。

ディックはしどけないユウトの姿を見つめながら、「獣のように襲いたくなる」と囁いた。

「襲ってもいいけど、噛みつかないでくれよ」

「自信はないが、紳士的な獣を心がける」

ディックは頭を落とし、ユウトの高ぶりを呑み込んだ。熱く柔らかな濡れた場所にすっぽりと包まれ、心地よさのあまり声が出た。自分の股間に顔を埋めるディックの頭を見下ろしながら、絶え間なく襲ってくる甘い快感に身震いした。

「ディック、もういい。達きそうだ」

ディックは咥えていたユウトのものから口を離し、「達っていい。俺の口に出せ」と答えた。

赤く染まったユウトの濡れたペニスが、ディックの唇にまた呑み込まれていく。

出せと言ったくせに、ディックは高まる射精感を巧みにコントロールし、達きそうで達けないぎりぎりのラインでユウトを悶えさせた。

「も、嫌だ……、これ以上されると、変になる……っ」

快感も過ぎれば毒だ。ゴールに向かって走っているのに、どこまで行ってもゴールが見えないと、いくら走るのが好きでも辛くなってくる。

「交代しよう。俺にもさせてくれ」

「今日はいい。これ以上しつこくしたら嫌われるから、ラバーとローションを取ってくる」

ディックがいなくなり、ユウトはちらっとユウティのほうを見た。よかった。よく寝ている。下手に名前を呼ぶと、耳のいいユウティが起きてしまうかもしれないので、戻ってきたディックに「見て」と指を差した。

「ああ。よく寝てるな。起こさないように静かにやろう」

ディックの言葉がツボにはまり、ユウトは噴き出した。ディックを受け入れるために床に跪き、上体をソファーに預けてからも笑いが止まらなくなった。

「何がそんなに可笑しいんだ？」

「だって自分の家なのに、声を押し殺してセックスするなんて変じゃないか。そんなのなんだか――んっ」

ローションに濡れた指が、奥まった部分を撫でてきた。ヌルヌルと淫猥に動く指のせいで、笑いの発作がどこかに吹き飛んでいく。

指はするっと中まで入ってきて、内側からユウトのたまらない部分を捉えて動きだした。同時に前も刺激され、瞬く間に息が上がり始める。

「ん、ディック、そこ……っ」

「ここが気持ちいいんだろう？　わかってる。お前のいい場所は俺が全部知ってる。こうされるのも好きだよな？」

ディックの手戯に翻弄されて、ユウトの理性はぐずぐずに溶けて形をなさなくなってきた。そうなると快感と興奮とディックへの愛情が絡み合い、自分が自分でなくなってしまう。

「ディック、来てくれ。もう一秒だって待てない……」

ラバーを装着したディックのペニスを後ろ手に摑み、自分のそこへと導いてねだった。

「よかった。やっと欲しがってくれたな。もう少しでお前の可愛い尻を見ながら、自分で始めるところだった」

ディックは自分のものを摑み、ユウトのそこに先端を押し当てた。指で慣らされた窄まりは、大きなものをさほど苦もなく呑み込んでいく。

自分の内側が愛しい男のもので埋められていく感覚は、言葉にできない至福だ。快感以上の得がたいものがある。

もっと深く、もっと奥まで来てほしい。

ユウトはシンプルな欲望に突き動かされ、背筋を反らし、ディックに向かって腰を突き出した。そうすることで、ディックのペニスが根もとまで入りやすくなる。

「もっと欲しいのか？」

囁く低い声に背筋が震えた。頷いて「欲しい」と答えると、ディックは自身をいったん引き抜き、一気に奥まで突き入れた。

ユウトが「ああっ」と甘い声を上げると、それを合図にして激しい抽挿(ちゅうそう)が始まった。

ディックのタフな腰遣いにユウトはあえなく射止められ、わずか数分で息絶えた。ディックがそれで満足するはずもなく、達してぐったりしているユウトの中に入ったままで恋人の回復を待ち、次のラウンドを開始した。

結局、ディックが射精するまでにユウトは三度もオーガズムに達し、くたくたになって最高のセックスを終えた。


「俺も警察官になろうかな」

疲れ果てたユウトがベッドでうとうとしかけたとき、隣で寝ていたディックが変なことを言い出した。

「ディックが警察官に？　どうしてまた？」

「お前の相棒になりたい。俺なら最高の相棒になれそうじゃないか？　キースに負けない自信はあるぞ」

笑うしかなかった。キースへの対抗心が丸出しだ。

「お前と組めたら最高だろうけど遠慮するよ」

「どうして？」

「恋人同士の関係だけで十分だ。仕事で疲れて帰ってきても、家に帰ればお前がいる。その幸せを捨てたくない」

「職場に俺がいても最高に幸せだと思うけどな」

往生際悪くディックは言い募った。ユウトはくすくす笑いながら寝返りを打ち、ディックのこめかみにキスをした。

「だったらいっそ、ふたりで私立探偵にならないか？」

「俺は警察官がいい。けど、お前は似合うかも。私立探偵（ディック）のディック、いいんじゃないか？」

「やめておく。どうせ浮気調査の依頼しか来ないんだろうしな」

ディックは溜め息をつき、首を曲げてユウトを見た。

「馬鹿話につき合わせて悪かった。おやすみ」

温かな大きな手がユウトの手を包み込んだ。

「おやすみ、ディック。……いちいち言わなくてもわかってると思うけど、お前は人生の相棒だ。代わりなんていない、唯一無二のバディだからな」

ディックの青い瞳に、とびきり優しい笑みが浮かんだ。

どんな困難があっても、ディックとなら力を合わせて乗り越えていける。
何が起きようが、ふたり一緒なら心配なんていらない。
俺たちは最高のバディだ。

あとがき

こんにちは。『DEADLOCK』シーズン2の三作目です。そしてシリーズ十作目。皆さまの応援のおかげで、ついに二桁台に突入いたしました。本当にありがとうございます。

前作『PROMISING』から二年ぶりですが、去年は例年のフェア関連に加え、小説キャラで番外編を書き、漫画版『DEADLOCK』3&4巻発売で巻末や書店特典等でも番外編を書いたので、私の中では久しぶりという感覚はなく、むしろずっと『DEADLOCK』を書いている気分です。

ですがやはり文庫一冊分となると、ちゃんとした物語が書けたという手応えもあり。本来あるべき道筋に戻り、物語を前に進められた満足感とでもいうのでしょうか。当たり前ですが本編あってこその番外編。なのでこうやって一冊の本として新作をお届けできるのは、私にとって何より嬉しいことです。

今回の主役は刑事のユウト。麻薬課での仕事ぶりをいつか書いてみたいと思っていたので、念願が叶って大満足です。新しい相棒のキースとユウトは、これからどんなバディになっていくのでしょうね。麻薬課の同僚たちも書けて楽しかったです。個人的にはキング&ロペスのバッドボーイズっぷりが気になります。主役にしたらはちゃめちゃな刑事ものが書けそう。

事件はユウトにとってやりきれない締めくくりでしたが、出番少なめのディックも燃え上がる嫉妬をずっと抑えつけていたわけで、実は一番大変だったのではないかと思ったり。ユウトへの愛が暴走してリーサル・ウエポン（最終兵器）と化していたし、見えないところでさぞかし大忙しだったことでしょう。『ＢＵＤＤＹ』の陰の主役はディックかもしれません（笑）。

今回も素敵なイラストを描いてくださった高階（たかしな）先生に、心からお礼申し上げます。コミカライズが終わってすごく寂しかったのですが、また新たな高階先生のＤＥＡＤＬＯＣＫイラストを拝見することができて、とってもとっても幸せです。キースが格好よくてときめきました。

担当さま、今回もご迷惑をおかけしたうえ、プライベートでもご心配をおかけいたしました。無事発売に辿り着けて安堵しております。いつも本当にありがとうございます。読者さまの手に届くまで、この本に関わってくださったすべての皆さまにも深く感謝いたします。

執筆中にいろんなことが起こり、どうしても書けない時期もありましたが、皆さんが待っていてくださる、だから諦めずに書かなくちゃ、と思うことでどうにか頑張れました。皆さんに物語を届けたいという気持ちが、私の執筆の原動力であることを再認識しました。

この物語があなたの心に届くことを願っています。楽しんでいただけますように。

二〇二〇年四月　英田（あいだ）サキ

この本を読んでのご意見、ご感想を編集部までお寄せください。

《あて先》〒141－8202　東京都品川区上大崎3－1－1　徳間書店　キャラ編集部気付
「BUDDY」係

【読者アンケートフォーム】

QRコードより作品の感想・アンケートをお送り頂けます。

Chara公式サイト http://www.chara-info.net/

■初出一覧
BUDDY……書き下ろし

BUDDY……【キャラ文庫】

2020年4月30日　初刷

著者　英田サキ
発行者　松下俊也
発行所　株式会社徳間書店
〒141-8202　東京都品川区上大崎3-1-1
電話　049-293-5521（販売部）
03-5403-4348（編集部）
振替　00140-0-44392

印刷・製本　図書印刷株式会社
カバー・口絵　近代美術株式会社
デザイン　百足屋ユウコ+モンマ蚕（ムシカゴグラフィクス）

ISBN978-4-19-900987-7

英田サキの本

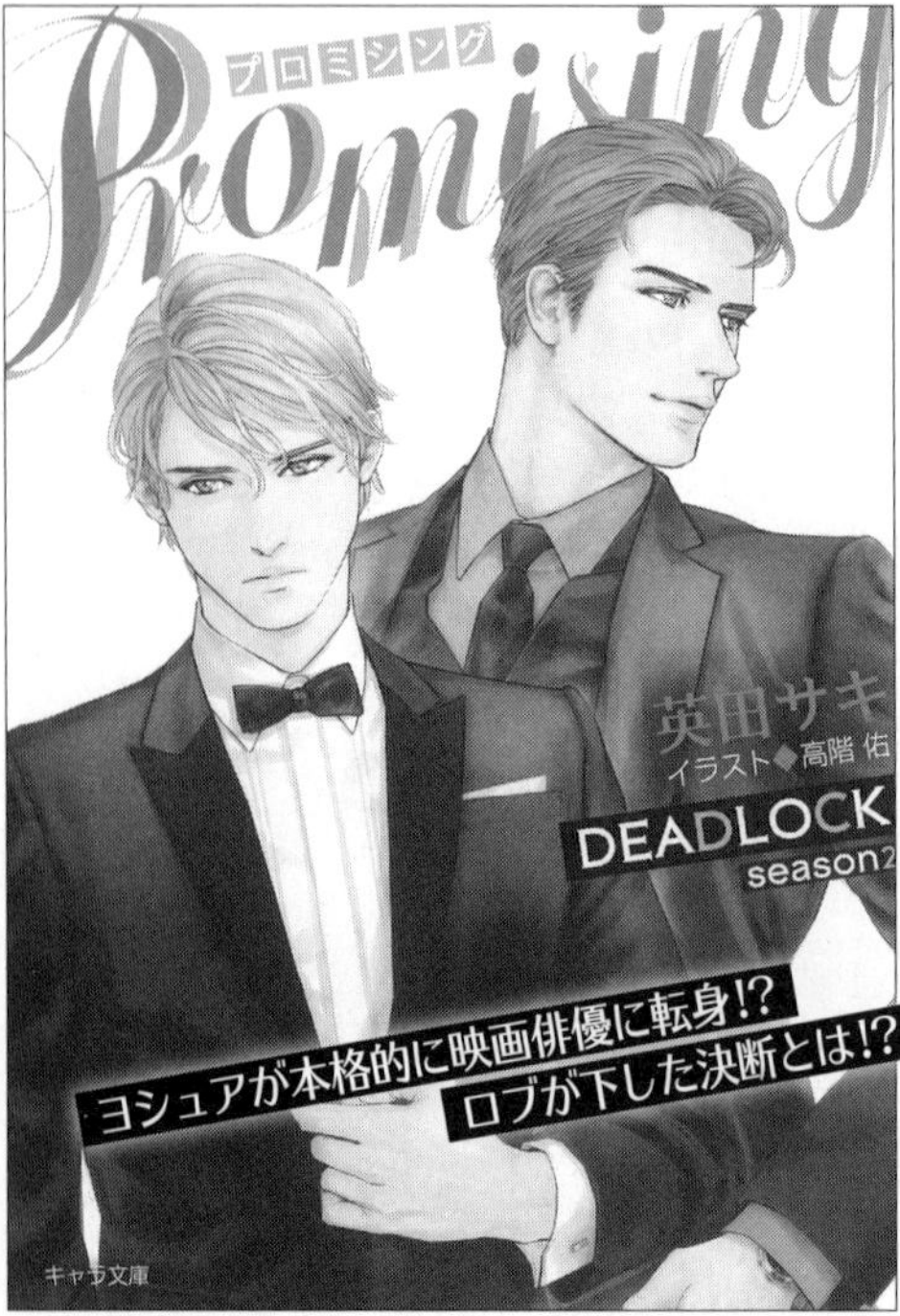

好評発売中

［PROMISING（プロミシング） DEADLOCK（デッドロック） season2］

イラスト✦高階 佑

殺し屋ミコワイ役の映画撮影も大詰めを迎えたヨシュア。著作がベストセラーとなったロブとは、すれ違いの毎日だ。ヨシュアを応援したいけれど、俺が進路を決めるわけにいかない――。そんな時、高校時代の旧友デニスと再会!! 己の心と向き合おうとワイオミングに一人旅立つが…? 愛ゆえに自立を促すロブと、恋人を尊重したいヨシュア――蜜月カップルが迎えた初めての危機!!

英田サキの本

好評発売中

【OUTLIVE（アウトリブ） DEADLOCK（デッドロック） season2】

イラスト✦高階 佑

ハリウッドの巨匠に見込まれ、ヨシュアが銀幕デビュー!?　撮影でカリブ海の島国を訪れたヨシュアとロブ。軍事アドバイザーとしてディックも同行し、ユウトも陣中見舞いに駆けつける。陽光煌く南国でのつかの間の穏やかな休暇——。ところが帰国前日のパーティーで、大統領暗殺を狙うクーデターが勃発!?　一度は銃を捨てたディックが、再び闘争本能に火を灯し、ユウトと共に立ち向かう——!!

英田サキの本

好評発売中

［STAY DEADLOCK番外編1］

イラスト✦高階 佑

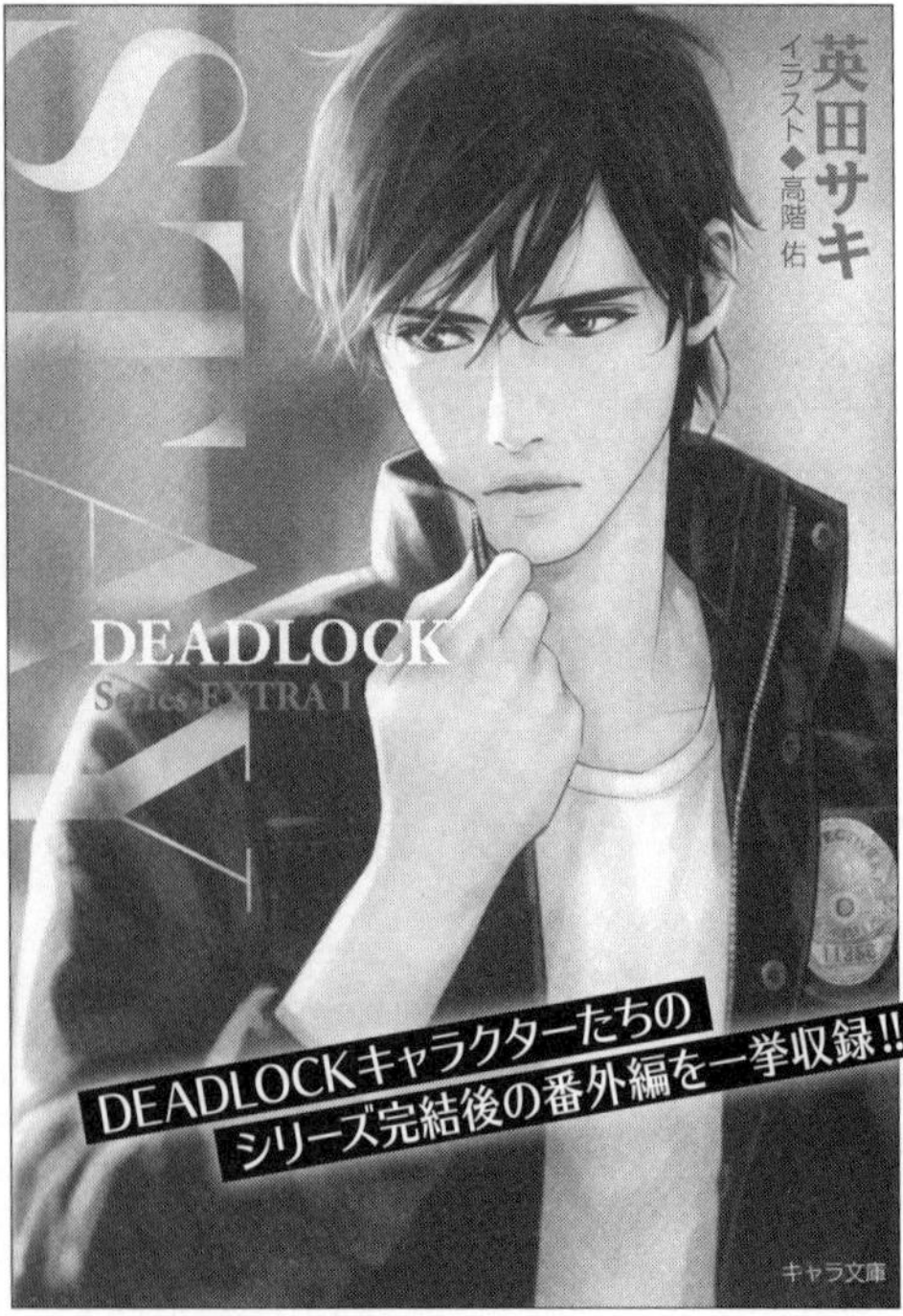

シリーズ完結後もますます広がるDEADLOCK ワールド――ロス市警刑事のユウトと、警備会社のボディガードとなったディックはＬＡで二人暮らしをスタート。恋人となったロブとヨシュアの愛も深まり、予想外にパコがトーニャに告白!! 新たなカップルの兆し…!? 完結後に発表された番外編を一挙収録!! それぞれの人生を歩み始めたDEADLOCK キャラクターたちのその後♥ 高階 佑による漫画も収録。

英田サキの本

好評発売中

「AWAY DEADLOCK番外編2」

イラスト✦高階佑

シリーズ完結後、それぞれ人生の岐路に立たされるDEADLOCKキャラクターたち——晴れて結婚式を挙げることになったロブとヨシュア。祝福する周囲とは裏腹に、当のヨシュアは不安を抱え…!? いっぽう順調に愛を育んでいたユウトとディックも、事故でディックが記憶喪失になったことから、二人の絆の危機…!? 高階佑による漫画と書き下ろし小説も収録!! 大ボリュームの番外編、第二弾!!

投稿小説 大募集

『楽しい』『感動的な』『心に残る』『新しい』小説――
みなさんが本当に読みたいと思っているのは、
どんな物語ですか？
みずみずしい感覚の小説をお待ちしています！

応募のきまり

応募資格

商業誌に未発表のオリジナル作品であれば、制限はありません。他社でデビューしている方でもOKです。

枚数／書式

20字×20行で50～300枚程度。手書きは不可です。原稿は全て縦書きにしてください。また、800字前後の粗筋紹介をつけてください。

注意

❶原稿はクリップなどで右上を綴じ、各ページに通し番号を入れてください。また、次の事柄を1枚目に明記して下さい。
（作品タイトル、総枚数、投稿日、ペンネーム、本名、住所、電話番号、職業・学校名、年齢、投稿・受賞歴）

❷原稿は返却しませんので、必要な方はコピーをとってください。

❸締め切りは特別に定めません。採用の方にのみ、原稿到着から3ヶ月以内に編集部から連絡させていただきます。また、有望な方には編集部からの講評をお送りします。（返信用切手は不要です）

❹選考についての電話でのお問い合わせは受け付けできませんので、ご遠慮ください。

❺ご記入いただいた個人情報は、当企画の目的以外での利用はいたしません。

あて先

〒141-8202　東京都品川区上大崎3-1-1
徳間書店　Chara編集部　投稿小説係

投稿イラスト 大募集

キャラ文庫を読んでイメージが浮かんだシーンを、
イラストにしてお送り下さい。
キャラ文庫、『Chara』『Chara Selection』『小説Chara』などで
活躍してみませんか？

応募のきまり

応募資格

応募資格はいっさい問いません。マンガ家&イラストレーターとしてデビューしている方でもOKです。

枚数／内容

❶イラストの対象となる小説は『キャラ文庫』及び『Chara、Chara Selection、小説Charaにこれまで掲載された小説』に限ります。
❷カラーイラスト1点、モノクロイラスト3点の合計4点をお送りください。カラーは作品全体のイメージを、モノクロは背景やキャラクターの動きのわかるシーンを選ぶこと(裏にそのシーンのページ数を明記)。
❸用紙サイズはA4以内。使用画材は自由。データ原稿の際は、プリントアウトしたものをお送りください。

注意

❶カラーイラストの裏に、次の内容を明記してください。
(小説タイトル、投稿日、ペンネーム、本名、住所、電話番号、職業・学校名、年齢、投稿・受賞歴、返却の要・不要)
❷原稿返却希望の方は、切手を貼った返却用封筒を同封してください。封筒のない原稿は編集部で処分します。返却は応募から1ヶ月前後。
❸締め切りは特別に定めません。採用の方にのみ、編集部から連絡させていただきます。また、有望な方には編集部から講評をお送りします。選考結果の電話でのお問い合わせはご遠慮ください。
❹ご記入いただいた個人情報は、当企画の目的以外での利用はいたしません。

あて先

〒141-8202　東京都品川区上大崎3-1-1
徳間書店　Chara編集部　投稿イラスト係